组织委员会

主　任：李宇明　刘　利

副主任：韩经太

成　员：杨尔弘　刘晓海　田列朋

专家委员会

主　任：袁行霈

委　员：蔡宗齐　高　昌　顾　青　李宇明
　　　　陶文鹏　吴思敬　詹福瑞　周绚隆

北京语言大学语言资源高精尖创新中心 组编

新选中国名诗1000首

明诗鉴赏

韩经太 主编
左东岭 注评

人民文学出版社

图书在版编目（CIP）数据

明诗鉴赏/北京语言大学语言资源高精尖创新中心组编；韩经太主编；左东岭注评. —北京：人民文学出版社，2022（2023.3重印）
（新选中国名诗1000首）
ISBN 978-7-02-017357-0

Ⅰ.①明… Ⅱ.①北… ②韩… ③左… Ⅲ.①古典诗歌—诗歌欣赏—中国—明代 Ⅳ.①I207.22

中国版本图书馆CIP数据核字（2022）第137733号

责任编辑　高宏洲
装帧设计　黄云香
责任印制　任　祎

出版发行　人民文学出版社
社　　址　北京市朝内大街166号
邮政编码　100705

印　　刷　三河市中晟雅豪印务有限公司
经　　销　全国新华书店等

字　　数　133千字
开　　本　880毫米×1230毫米　1/32
印　　张　7.5　插页5
印　　数　3001—5000
版　　次　2022年9月北京第1版
印　　次　2023年3月第2次印刷

书　　号　978-7-02-017357-0
定　　价　48.00元

如有印装质量问题，请与本社图书销售中心调换。电话：010-65233595

〔明〕沈周 秋江闲钓图

〔明〕唐寅　层岩策杖图轴

〔明〕文徵明 兰竹图（局部）

[明] 徐渭 水墨葡萄图

读懂诗意的中国

——"新选中国名诗1000首"丛书总序

韩经太

中华民族伟大复兴之路,也是一条充满诗意的道路,从悠远的历史深处走来,又向光明的未来高处走去,一路上伴随着历史风雨对生活真相的冲刷,也伴随着思想信念对人生理想的雕塑。所有这一切,又通过诗人的艺术语言凝练为文学形象世界中的华彩乐章,展示着中华民族精神世界的精彩与微妙。特别是历代名家之名作,在传诵人口的过程中被反复解读,自然而然地浸入人民大众的感情生活而塑造着整体国民性格,从而使我们这个盛产诗歌文学作品的文明古国具有堪称"诗意中国"的特色。而当今时代无疑是这种特色日益显著的时代,融媒体多元而高速的传播手段,助力中华诗词尽可能普及地走进千家万户,诗词大会的竞赛机制牵引着大众百姓的诗词习得,于是乎记诵名篇名句而着力于养成诗意交流能力,从大学讲堂到幼儿教育,处处弥漫着感受诗意的生活空气。随着中华诗词迅速普及的客观形势,真正热爱诗歌艺术继而更加热爱中华诗词艺术的读者，越来越意识到一个最浅显却又最深刻的道理，"诗意中国"需要"诗意阅读"，而在此讲求真正"读懂"诗意的解读之路上，从事文学专业研究而积淀丰厚的"学术名家"的特殊作用，日益凸显出来。这也是我们特邀当代学界名流来完成这一套"新选中国名诗1000首"丛书的"初心"所在。

"新选中国名诗1000首"丛书，在编选体例上兼备诗歌选本的"选释"功能和诗词鉴赏的"鉴赏"功能，而在更为重要的编选原则上，则有现实针对性地强调通观古今的历史视野和兼容道艺的诗学思维。如果说通观古今的历史视野具有超越当今学科壁垒的现实针对性，那道艺兼容的诗学思维就是对长期以来诗歌艺术研究相对忽略其艺术性分析的一种纠偏。更何况一篇精彩的诗歌鉴赏文章，往往是作者人格学养的浓缩式体现，尤其是对作品整体的解读把握，不仅包含着关于诗歌史发展脉络和思想史发展逻辑的深入思考，而且包含着"这一个"诗意典型世界如何具体生成的艺术性分析，这是空洞的理论表述根本无法替代的，而恰恰是我们这套丛书非常看重的。

一代有一代之文学，一代也有一代之"选本"学。文学和学术，与时代背景息息相关。我们正处在这样一个时代，"诗意栖居"的西哲命题，在中国新时代阐释学的创意发挥下，不仅重新燃起了原始儒家"吾与点也"人格理想的精神火花，而且有望于激活原始道家"吹万不同，而使其自己"的主体创造精神。惟其如此，就使"每个人的自由发展是一切人的自由发展的条件"这一马克思主义者之

"初心",成功实现了与中华优秀传统文化的本质契合。这里不仅有学界人士所确认的"儒道互补"的整合阐释方式,而且有时代需求所指示的"中西参融"的辩证阐释路向,只有两者的成功结合,才能真正有助于发扬中华传统文化特有的追求天人合一而又讲求诗情画意的人文精神。天人合一是一个涵涉深广的思想命题,然而无论民胞物与的仁者襟怀还是以物观物的自然理念,其中都有孕育诗情画意的精神土壤,也正是在这个意义上,中华传统文化是一种最富诗情画意的思想文化。待到历史进入现代文明社会,诗意中国对于诗情画意的追求,在现代工业文明持续发展的历史背景下,更有其特殊的价值和意义。想必人们已经注意到,从经济发展的某个节点开始,出现了与城市化发展趋势相呼应的精神生活新取向,那就是希望把精神安顿在绿水青山之间!对于当代中国来说,这兴许是因为,经济发展在为国人提供了相应的物质基础之后,人之所以为人的精神生活质量的提升,越来越成为"人的自觉"的中心内容,而超越物质欲望的精神追求,总是与"蓝天白云""绿水青山"的审美相伴随。缘此之故,诗意中国的古典传统自然而然地融入到当今中国人的性情自然之中,而读懂诗意的中国也因此而成为新时代美学追求的题内应有之义。

伴随着中华传统诗文走进学校课堂,各式各样的诗歌选本,犹如雨后春笋,琳琅满目,层出不穷。于是,自然就有了人们对选本的选择。而正是在选本之选择的过程中,人们越来越意识到"精品"的价值。"新选中国名诗1000首"丛书作为北京语言大学语言资源高精尖创新中心的规划项目，其"名家选名诗"的选题立意已经充分表达了追求"精品"之"初心"。一般来说，当下的读者不再会为了一种诗歌选本的问世而兴奋，除非像《钱锺书选唐诗》那样给唐诗之美再添上文化名流的影响力。当年，钱锺书的《宋诗选注》曾以其独到的编选眼光和更其独到的注释话语，产生了跨越特殊历史时期的文学影响力。然而，《钱锺书选唐诗》有选而无注，相信很多人会感到遗憾。弥补这种遗憾的机会当然很多，"新选中国名诗1000首"丛书中的由葛晓音撰写的《唐诗鉴赏》（200首），以其特有的精选眼光和精妙解读，必将成为唐诗爱好者的最佳选择。由唐诗而扩展至宋诗，于是又有莫砺锋的《宋诗鉴赏》（200首），进而扩展至由《诗经》时代直抵当下的整个中国诗歌历史，于是还有赵敏俐的《先秦两汉诗鉴赏》、钱志熙的《魏晋南北朝诗鉴赏》、张晶的《辽金元诗鉴赏》、左东岭的《明诗鉴赏》、蒋寅的《清诗鉴赏》、张福贵的《现当代诗鉴赏》（各100首）。总之，"新选中国名诗1000首"所推出的八部选本，覆盖了诗歌史发展的各个时代，而借此推出的八位"选家"，也代表了当代诗歌各阶段研究的一流水平。在琳琅满目的诗歌选本中间，由此八位"选家"合作完成的这个选本系列，显然是极富特色的。

八位"选家"的集体合作，自然而然地赋予"新选中国名诗1000首"之选诗、注解和鉴赏以"名家解读"的整体特色，而八位"选家"的学术个性，又自然而然地呈现出彼此不同的个体风貌，在此整体特色和个体风貌之间，是一种彼此默契的诗学追求，其间当然有学术共识的坚实基础，但更为重要的默契，犹如本序开头之所言，一是"通古今之变"的大历史视野，一是"道艺不二"的诗歌美学精神。

"通古今之变"的通观历史眼光，必将聚焦于"五千年"传统文化和"一百年"现代文化涌动冲撞的历史大变局，并因此而追求对中华诗词的整体观照和全面把握。在我们看来，诗意中国的精神意态，是植根于中华优秀传统文化的丰厚土壤而又吸收新文化的智慧营养，并在古今大变局的历史转型过程中经受严峻考验而茁壮成长起来的诗性生命之树，其风采光华兼备古典美和现代美而得两端之妙。也正是在这个意义上，"传统"不是外在于"当代"的"他者"，就像"现代"的价值并不仅仅是为了替代"古典"那样。自从中国古代文学和中国现代文学被分为两大学科以来，各自表述的学科性思维实际上已经遮蔽了许多历史真相。其中最显著的一点是将中国古典诗歌和中国现当代诗歌分为两橛，不利于古今之间的融会贯通。"新选中国名诗1000首"丛书和2020年5月出版的《中国名诗三百首》有意识地突破这一点，将中国古典诗歌和中国现当代诗歌贯通起来予以选析，这对于读者诸君通过观古今之变的大历史视野领会诗意中国当具一定的启发意义。

至于"道艺不二"的诗歌解读，关键在于主题阐释与艺术分析的浑然一体，为此，首先需要诗意解读者具有特殊的诗性审美的艺术鉴赏力。鉴于当今许多文学论著很难显现作者的文学鉴赏能力，导致文学研究缺少"文学性"的现象，"新选中国名诗1000首"丛书格外重视每首诗的艺术鉴赏，试图通过这1000篇出自知名专家笔下的鉴赏文章，有效提升全社会"文学阅读"的艺术水准。从完成质量来看，八位"选家"对此是非常用心的，他们一方面深入每首名诗产生的历史文化语境，阐发每首名诗蕴含的思想底蕴和精神高度；另一方面又在诗歌史的纵向延展和横向渗透方面，揭示每首名诗所达到的艺术高度和独特魅力。这对于读者诸君妙悟诗歌真谛当有重要帮助。八位"选家"在选释的过程中，既有对前贤选释本精华的采撷，又有青出于蓝的独到之见。如或不信，请读者诸君对读本丛书中的葛晓音的《唐诗鉴赏》和2020年热销的《钱锺书选唐诗》，莫砺锋的《宋诗鉴赏》和钱锺书的《宋诗选注》。其他各卷同样如此，都对之前出版过的各种选本有所超越。

鉴赏是本丛书的核心所在，我们希望八位"选家"将名诗的选释定位于对中华优秀传统文化和中华美学精神的总结和传承上进行。八位"选家"对此非常自觉，鉴赏时见对中华优秀传统文化和中华美学精神以及中国智慧的发掘，荦荦大者如天人合一、诗中有画、民胞物与、家国情怀、现实关怀、忧患意识、通变意识等。可以说，八位"选家"对诗意中国的精神意蕴和诗意栖居的哲学命题，都有深入的思考和真切的体认。我想这对中华优秀传统文化之核心价值观的凝定，和整个人文素养和精神境界的提升，必将产生积极的助益。

需要说明的是，本丛书所选诗歌采取广义的诗歌概念，外延包括诗、词和部分散曲作品，所以唐代之后的部分选了一些词和散曲。

这既是出于本丛书力求选释中国文学史上的诗歌"精品"的"初心",也是为了更全面地反映诗意中国的丰富形态。此外,为了统一体例,避免将一人的各体作品分散在书中的多个部分,本丛书采取以人为纲的编排方式。

最后,我本人作为"新选中国名诗1000首"丛书的主编,借此总序撰写机会,向热情参与此项目的八位知名学者,表示衷心的感谢!我相信,中国名诗之精选精品的"精品"打造,是为学术研究服务社会创造机遇,将使知名学者面向大众读者贡献自己的诗性智慧,从而共同提升新时代中国人诗意生活的质量。

2022年元旦前夕于北京

目 录

前 言 　　　　　　　　　　　　001

刘 基
梁甫吟 　　　　　　　　　　　002
感怀三十一首(选一) 　　　　　006
感兴 　　　　　　　　　　　　007
题太公钓渭图 　　　　　　　　008
古戍 　　　　　　　　　　　　010

宋 濂
送许时用还剡 　　　　　　　　012

陶 安
文士二首 　　　　　　　　　　015
寄刘伯温、宋景濂二公 　　　　017

高 启
牧牛词 　　　　　　　　　　　021
青丘子歌有序 　　　　　　　　022

清明呈馆中诸公　　　　　　　027
吴城感旧　　　　　　　　　　029
送沈左司从汪参政分省陕西汪由御史
　中丞出　　　　　　　　　　031
晚寻吕山人　　　　　　　　　033
秋柳　　　　　　　　　　　　034
登金陵雨花台望大江　　　　　035

杨　基
闻邻船吹笛　　　　　　　　　039
闻蝉　　　　　　　　　　　　040

张　羽
陶潜像　　　　　　　　　　　042

徐　贲
记梦　　　　　　　　　　　　044

刘　崧
东园雨坐书怀　　　　　　　　046

林　鸿
夕阳　　　　　　　　　　　　048

孙　蕡
南园歌赠王给事彦举　　　　　051

方孝孺
闲居感怀十七首（选二）　　　054

目录

吊李白　　　　　　　　　　056

杨士奇

汉江夜泛　　　　　　　　　059

发淮安　　　　　　　　　　062

于 谦

咏煤炭　　　　　　　　　　064

陈献章

归园田三首（其一）　　　　067

江上　　　　　　　　　　　069

李东阳

新丰行　　　　　　　　　　071

寄彭民望　　　　　　　　　073

沈 周

溪上　　　　　　　　　　　076

屈老　　　　　　　　　　　077

李梦阳

猛虎行　　　　　　　　　　080

秋望　　　　　　　　　　　082

石将军战场歌　　　　　　　084

吹台春日古怀　　　　　　　089

何景明

秋江词　　　　　　　　　091

吴伟江山图歌　　　　　　093

答望之二首（其一）　　　096

秋兴八首（其一）　　　　098

徐祯卿

在武昌作　　　　　　　　100

祝允明

秋宵不能寐　　　　　　　102

口号三首　　　　　　　　103

唐　寅

感怀　　　　　　　　　　107

把酒对月歌　　　　　　　108

文徵明

阊门夜泊　　　　　　　　110

王守仁

龙潭夜坐　　　　　　　　113

山中漫兴　　　　　　　　114

山中示诸生五首（其五）　115

杨　慎

白崖　　　　　　　　　　117

三岔驿	119
寒夕	121
丙午除夕口占	122
竹枝词九首（其八）	124
感旧书事三首	125

徐 渭

夜宿丘园，乔木蔽天，大者几十抱， 　复有修藤数十寻，县络溪渚	129
严先生祠	130
王元章倒枝梅画	132
葡萄五首（其一）	133

谢 榛

大梁冬夜	134
远别曲	136

李攀龙

岁杪放歌	138
寄殿卿二首（其一）	140
寄吴明卿十首（其十）	142
挽王中丞八首（其二）	143

王世贞

哭梁公实十首（其四）	146

登太白楼	147
寄家弟振美	149
李于鳞罢官歌	151

李 贽
初到石湖	156

汤显祖
相如二首（其一）	160
听说迎春歌	162
甲申见递北驿寺诗，多为故刘侍御台发愤者，附题其后	164

袁宗道
初晴即事三首（其一）	166
将抵都门	167

袁宏道
白铜儿	171
横塘渡	174
山阴道	176
得罢官报	177
戏题飞来峰二首（其一）	178
显灵宫集诸公以城市山林为韵四首（其二）	180
登华六首（其二）	182

袁中道

听泉（二首） 184

张相坟 186

钟 惺

邸报 189

邺中歌 192

秋海棠 195

秣陵桃叶歌（其二） 196

谭元春

瓶梅 198

落花 199

陈子龙

小车行 201

秋日杂感（其二） 204

山中晓行 205

重游弇园 206

扬州 208

春日行游城南作 210

夏完淳

别云间 212

春兴八首同钱大作（其一） 214

前 言

明代诗歌是中国古代诗歌史的一个重要发展阶段,就总的情况看,与其他朝代相比,明诗具有以下三方面的独特风貌。

首先是明诗的基本发展线索由传统诗歌思想与性灵诗歌思想而构成。传统诗歌思想主要指坚持格调说的复古诗歌流派的理论与创作。明代是代元蒙政权而建立的王朝,因此从推翻元蒙政权时的"驱逐胡虏,恢复中华"的政治口号,到恢复"汉官威仪"的文化全面复古,再到诗歌的以汉魏盛唐为理想目标,都是此种复古心态的顽强表现。当然,每个时期、每一流派的复古目的并不完全相同,比如明初的倡言复古在于纠正元诗的纤弱,茶陵派之复古在于强调诗歌的声韵等艺术特征,"前七子"之复古则针对宋诗议论说理之弊端而突出诗歌抒情的本质,"后七子"之复古则更深入到汉魏盛唐诗歌

的各种技巧及其审美风格的探索，而以陈子龙为首的"云间派"则与亡国之痛及抗清事业紧密结合，从而更注重沉郁顿挫风格的追求。但有一点是相同的，即复古派的诗歌创作一般都有模仿的对象，其差别仅仅在于是只模仿一家还是模仿多家，是亦步亦趋地模仿还是不露痕迹地模仿。由此出发，欣赏明代复古派的诗歌作品时，就需要对其所模仿的对象有一定的认识，这包括用典与风格的把握等等。此外，复古所导致的另一特点是，明代人写诗特别重视"诗体"，这不仅可以从胡应麟的《诗薮》、许学夷的《诗源辩体》等理论探索方面看出，还可以从明人别集的编撰体例大都是以体为分类依据而显示出来，更重要的是在创作中尤其强调各体诗的齐全以及体与体之间的区别。后人在评论明人诗歌创作成就时，也往往看重其在诗体上的优势，诸如高启的七古、李东阳的乐府、李梦阳的五古、李攀龙的七律等等。如果没有一定的辨体功夫，欣赏明诗便会存在一定的困难。

性灵诗歌思想又包括性理诗与性灵诗两个方面。性理诗主要是受宋代理学思想的影响，诗中多议论、多说理、多教训，缺乏形象与意境，从而显得抽象枯燥而缺少审美的趣味，极端者往往成为押韵的语录。在明代前期诗坛上，性理诗曾一度较为流行。性灵诗从哲学背景上说乃是受心学的影响，具体说也就是受陈献章与王阳明思想的影响。性灵诗尽管有时也会流于说教与议论，因而传统诗歌批评家一向不将其视为诗家之正途，但它又与理学诗存在明显不同。

好的性灵诗重视诗人的自我个性,注重突出个体的才气与灵感,强调表达流畅自然而反对因袭模拟与法度限制,从而形成其个性鲜明与风趣幽默的特征,像陈献章、王阳明、李贽、"公安派"的诗歌创作都属于此派。明代诗歌的发展从总体趋势上讲,就是性灵诗派与复古诗派相互对立消长的过程。

其次是明诗的发展往往具有流派论争、理论批评与创作实践密切结合的特征。前人论明诗往往将门户之争视为其一大弊端,其实很难说这些全都是缺陷。明诗的流派之争有时的确存在党同伐异的风气,如果说李梦阳与何景明的争论还主要体现在创作主张与文学风格的差异的话,那么李攀龙、王世贞之将谢榛逐出"后七子"之列就纯属个人的地位、意气之争了。同时流派的盛行还往往造成风气流行、一呼百应的局面,使许多人陷入追随时髦、缺乏独立品格的境地。但从正面讲,流派论争也对打破官方独霸诗坛权力,促进文坛活跃,从而使文学逐步走向独立发挥了巨大作用。可以说,明代诗歌创作从前期"台阁体"的一统局面到后期的多元化格局,是伴随着流派崛起而推进的。从"台阁体"到"前七子",既是文柄从朝廷权力核心的台阁向中层官员的廊庙转移的过程,也是从文学与政治合为一体向文学审美化的独立转变的过程。从"前七子"到"公安派""竟陵派"的转变,不仅体现了文学从朝廷到民间的权力下移(如"竟陵派"首领谭元春即终生没有进入官场),更从人生

价值观上实现了从重群体到重个体、从追求格调到追求情趣的转变。之所以能够具有上述这些发展，与文人流派所发挥的作用密不可分。因为文人们越是在政治地位上低微而又要在文坛上造成显赫的主流影响，就越需要结成流派以增加声势。"前七子"之所以有别于它之前的"台阁体"与"茶陵派"，就在于前二者均是依靠其政治地位以领导文坛，"前七子"欲取而代之，不可能从个人的政治地位入手，而必须结成志趣相同的流派以相互支持呼应，才能最终左右文坛。此外，有流派就必须具有明确的理论主张与批评原则，然后才能使追随者有所依从而迅速扩大自身的影响。于是便有了前后七子"文必秦汉，诗必盛唐"，有了"唐宋派"的"信手写出，如写家书"，有了"公安派"的"独抒性灵，不拘格套"等等。在此过程中，文人间的相互标榜与自我夸饰即在所难免。这既可被视为是文人的不良习气，也可以说是流派论争的必然产物。

其三是明诗发展中呈现出明显的地域特征与相互之间的文风影响。明代诗歌的地域差别比较明显，如吴中、浙东、江右、闽中、岭南、中原等等。他们之间各具特色并相互影响，从而形成了明代诗坛的复杂局面。形成明诗地域特征的原因比较复杂，其中有经济方面的因素，比如吴中诗派的追求闲适、崇尚才华及展现狂傲个性等等，便与该地区发达的城市经济与讲究享乐的风俗极有关系。也有传统影响的因素，比如以刘基为首的浙东诗派入世的倾向比较明显，诗作中表现出关心民生疾苦与针砭现实弊端的鲜明特征，就与该派的主要成员大都接受过具有浓厚理学传统的金华学派的影响难以分开。当然其中最重要的还是政治的因素，比如明代许多文学派别均以两京尤其是北京为活动中心，像台阁体、茶陵派、前后七子等等，某些流派甚至在主要成员离开京城之后即迅速趋于衰落，可见京城的影响往往大于其他地域。京城的另一重要作用是能够使地域风格纳入主流思潮并相互产生影响，如徐祯卿本是"吴中四才子"之一，与唐寅、文徵明等人多有交往，诗作具有华美流畅的吴中风貌，中进士入京后即追随李梦阳的复古主张，诗风亦为之一变，但无论如何变化却又与李梦阳的诗风不同，常常被李梦阳讥讽为犹有吴中旧习。其实徐祯卿将吴中地域诗风带入"前七子"中，从而丰富了该流派的理论与风格，并使该流派在文坛上造成了更大的影响。"后七子"的情形也是如此，如果没有王世贞作为重要首领之一，单凭李攀龙的刻意古范，该流派就不会有全国性的影响，尤其是不会在江南产生重大影响。

　　无论是研究明诗还是欣赏明诗，我以为上述三种主要特征都应在考虑范围之内，因为只有深入了解这些特征，才会对明诗发展的大格局有一个整体的把握，同时对深入体认各家风格也有很大帮助。知人论世本是中国古代文学批评与文学欣赏的基本方法，因而在欣赏明诗时也需要对每位入选诗人的生平履历及创作整体状况有一定的了解，如果能够在欣赏入选诗歌作品的同时，再去翻阅一下他们

明诗鉴赏

的诗文别集以为印证，那就会收获更大了。

　　本书共选明代 37 位诗人的各体诗歌作品 107 首。作者的编选原则是，兼顾到诗歌作品的创作水平与各流派、各时期的代表性，目的是既要使读者领略到明诗的面貌与美感，也要通过这些作品了解到明诗的基本发展线索及流派特征。鉴于此一原则，许多有一定成就的作家作品就不得不缺位未选，比如汪广洋、姚广孝、康海、王九思、李开先、李维桢、屠隆、王稚登、程嘉燧等诗人，都是当时很有影响的作家，创作上也有一定的成就与特色，但却遗憾落选了。另外，明代的词、曲及民歌都有不少优秀之作，但为了凸显明诗的主线，也都只好忍痛割爱了。还有一些跨代作家，考虑到本丛书整体上的分工，分别归于上下二朝，如元明之际的王冕、倪瓒、杨维桢、戴良等，明清之际的钱谦益、吴伟业、黄宗羲、顾炎武等，他们无论在创作上还是理论上，都有足够的分量，却不能不和几乎同时代的明代诗人分属不同朝代了。再有就是实际创作成就与所选作品的不均衡性，如果就实际作品的数量与质量看，像高启、刘基、唐寅、袁宏道、陈子龙这样的诗人，入选作品并不能完全代表其诗歌的体貌与成就，但就目前的比例看，高启入选 8 首，袁宏道入选 7 首，陈子龙入选 6 首，入选数量比例也算与其地位相符了。选本总是带有编选者个人的喜好与倾向性，难以合乎不同人群的所有要求，不当之处尚乞读者诸君批评指正。

刘 基

刘基（1311—1375），字伯温，青田（今属浙江）人。元至顺四年（1333）进士，曾先后任江西高安县丞、江浙儒学副提举、江浙行省都事等职，均郁郁不得志，遂归隐青田著书以寄意。至正二十年（1360），朱元璋将其与宋濂等四人一起召至南京，刘基遂成为朱元璋之谋士，申陈时务，参与机要。入明后曾任太史令、御史中丞等职，封诚意伯。洪武四年（1371）以弘文馆学士致仕。因其性刚疾恶，颇受权贵忌恨与朱元璋猜疑，后终被丞相胡惟庸构陷而死。刘基博通经史，明天文、历法及象纬之学，乃明朝开国勋臣，同时又诗文兼擅，是明初越派文坛代表人物。其诗以沉郁顿挫著称而与高启齐名，但又可分为前后二期，元末之诗多忧时愤世之作，酣畅雄浑，苍凉激越；入明后之诗则除部分歌功颂德以应景外，大多诗作均嗟穷叹老，无复早年飞扬壮大之气。刘基诗文集较完善的有四部丛刊影印隆庆本《太师诚意伯刘文成公集》（下文简称《诚意伯文集》），今人林家骊将其整理成《刘基集》出版。

明诗鉴赏

梁 甫 吟 [1]

　　谁谓秋月明,蔽之不必一尺翳[2]。谁谓江水清,淆之不必一斗泥。人情旦暮有翻覆,平地倏忽成山溪。君不见桓公相仲父,竖刁终乱齐[3]。秦穆信逢孙,遂违百里奚[4]。赤符天子明见万里外,乃以薏苡为文犀[5]。停婚仆碑何震怒,青天白日生虹蜺[6]。明良际会有如此,而况童角不辨粟与稊[7]。外间皇父中艳妻,马角突兀连牝鸡[8]。以聪为聋狂作圣,颠倒衣裳行蒺藜[9]。屈原怀沙子胥弃[10],魑魅叫啸风凄凄。梁甫吟,悲以悽。岐山竹实日稀少[11],凤皇憔悴将安栖[12]?

注 释

〔1〕本诗选自四部丛刊本《诚意伯文集》卷十。

〔2〕翳(yì):云雾。

〔3〕"君不见"二句:春秋时齐桓公以管仲为相,"九合诸侯,一匡天下"而成霸业。可他又崇信竖刁等小人,以致身未死而国已乱,停丧六十日而尸虫于户。见《史记·管晏列传》。

〔4〕"秦穆"二句：秦穆公重用贤士百里奚，七年而霸秦。后来听信大夫逢（péng）孙谗言，不听百里奚之谏而袭郑，遂惨遭大败。见《史记·秦本纪》。

〔5〕"赤符"二句：赤符天子即东汉光武帝刘秀。薏苡（yì yǐ），一种多年生草本植物，果实可入药，叫薏仁米。文犀，文饰的犀角。史载东汉马援南征交趾时，曾食薏苡以祛除瘴气，后凯旋时带回一车欲用为种子。马援死后有人上书诬告其所带皆为明珠文犀等珍宝，而一向以明达著称的光武帝竟然大为震怒。见《后汉书·马援传》。

〔6〕"停婚"二句：虹蜺，亦作虹霓，为雨后或日出、日没之际天空中所现之七色圆弧。虹蜺常有内外二环，内环称虹，亦称雄虹；外环称蜺，亦称雌虹或雌蜺。"青天白日生虹蜺"即无中生有、平地生波之意。唐太宗曾一度颇为尊重直言敢谏的魏徵，还曾承诺将公主许配魏徵之子，但魏徵死后太宗不仅中止婚约，还推倒魏徵的墓碑。见《新唐书·魏徵传》。

〔7〕童角：一种儿童发式，角即总角之意。稊（tí）：一种野草，其形似粟。

〔8〕"外间"二句：唐肃宗时，宦官李辅国擅权，与肃宗所宠爱之张良娣内外勾结，祸国乱政。至代宗时，李辅国更被尊为"尚父"，故言"外间皇父中艳妻"。又张良娣以女子干预朝政，故称"牝（pìn）鸡"亦即雌鸡；李辅国以宦官而擅作威福，被当时人讥讽为"马长角"。见《旧唐书》。

〔9〕行蒺藜：蒺藜是一种有刺的野草，"行蒺藜"用以比喻路途艰辛。此句言由于崇信宦官，导致长安被吐蕃攻破，代宗不得不衣冠不整、路途艰辛地出逃至陕州。

〔10〕屈原怀沙：屈原因愤国君之昏庸，小人之乱政，遂怀沙而沉于汨罗江中。见《史记·屈原列传》。子胥弃：春秋时伍子胥辅佐吴王阖闾伐楚获胜，又辅佐吴王夫差打败越国。越国向吴国求和，伍子胥谏夫差拒绝越国请求，夫差却听信奸臣谗言而许和，并逼伍子胥自杀。见《史记·伍子胥列传》。

〔11〕岐山：在今陕西岐山县，历史上为西周之发祥地。竹实：竹子的果实。据传凤凰只食竹实。在此比喻朝廷为贤才提供的待遇条件。

〔12〕凤皇：即凤凰，在此比喻贤才高士。

鉴赏

"梁甫吟"本是乐府旧题，属相和歌楚调曲。郭茂倩《乐府诗集》卷四十一说："按梁甫，山名，在泰山下。《梁甫吟》，盖言人死葬此山，亦葬歌也。又有《泰山梁甫吟》，与此类同。"现存最早的《梁甫吟》作品署名诸葛亮，是咏晏婴二桃杀三士之事，以哀悼忠臣之遭谗被杀，后来诗人写此旧题也多从此义发挥。刘基本诗所写除沿袭旧题外，更是有为而发。刘基原来本有为元朝出力的打算，也有足够的智慧与能力，但却多次出仕都遭遇挫折，最后在平定方国珍起义时,又与上司意见不合,遂被罢官羁管绍兴,刘基甚至感愤欲自杀。正是在此种悲愤情绪下,他创作了这首《梁甫吟》。诗作开头先用云翳蔽月、泥混江水起兴而笼罩全诗,然后通过对各种历史事件的回顾与评论,来突出贤者常为小人昏君所害的史实。尤其是他所提及的齐桓公、秦穆公、汉光武帝、唐太宗,都是历史上有名明君,却还会使贤者遭诬蔑,小人多得志,更不要说像唐肃宗、唐代宗、楚怀王、吴王夫差那样的平庸昏愦之辈了。所以他最后总结说,"岐山竹实日稀少,凤皇憔悴将安栖",为贤者提供的环境越来越恶劣,他们还能到哪里去找安身之处呢?这不仅是对历史上贤者所受不公的感叹,更是自我悲愤心情的表现。他本来是可以为朝廷所用的,但如今连存身之处都难以找到,更不要说像历史上的周公那样去大展宏图了。于是,他要遵循"良禽择木而栖"的古训,另觅新主而一展抱负了。由此诗不仅能够体会刘基在元末时的真情实感,也可清楚了解他何以投向朱元璋的心理动机。沈德潜《明诗别裁》评此诗说:"拉杂成文,极烦冤愤乱之致,此《离骚》遗音也。"此语用以形容刘基情感愤激而文字劲健则可,言其语无伦次、诗无章法则不可。因为诗作由兴而史,由史而感,章法分明,结构俨然也。

明诗鉴赏

感怀三十一首（选一）[1]

结发事远游[2]，逍遥观四方。天地一何阔，山川杳茫茫。众鸟各自飞，乔木空苍凉[3]。登高见万里，怀古使心伤。伫立望浮云，安得凌风翔。

注释

〔1〕本诗选自四部丛刊本《诚意伯文集》卷十二。

〔2〕结发：古代男子自成童开始束发，因以指初成年。唐陈子昂《感遇诗》之三十四："自言幽燕客，结发事远游。"

〔3〕乔木：高大树木。《诗经·周南·汉广》："南有乔木，不可休思。"

鉴赏

这是一首言志的五言古诗，当作于元代末年。其优点在于境界阔大，格调雄浑，颇有汉魏古诗的风韵。全诗用"远游"而"观四方"领起。然后用天地广阔、山川渺茫、众鸟高飞、乔木苍凉等四种意象，构成一幅雄浑悲凉的画面。此时作者置身于这广袤深远的时空之中，不禁感慨万千，颇有陈子昂"前不见古人，后不见来者"

的感叹。天地辽阔，历史悠悠，从而使其产生了及时进取，有所作为的志向，"伫立望浮云，安得凌风翔"，将诗作提升到一种高远的境界。将此与前边写景结合，遂构成境大志高的浑然之韵。

感 兴[1]

百年强半已无能[2]，愁入膏肓病自增。千里江山双白鬓，五更风雨一青灯。繁弦急管谁家宅？废圃荒窑昔代陵。不寐坐听鸡唱尽，素光穿牖日华升[3]。

注 释

[1] 本诗选自四部丛刊本《诚意伯文集》卷十六，作于至正二十年（1360）左右，乃元朝将亡而明朝将兴之转折时期。

[2] 百年强半：指五十岁左右。据"已无能"之意，知刘基此刻尚未被朱元璋所征召。

[3] 牖（yǒu）：窗户。

鉴 赏

此诗抒发了作者在元末孤独寂寞的处境与心情，揭露了权贵们身处危境中却依然醉生梦死的荒淫腐朽，同时也暗示了一个新王朝的即将兴起。诗中感叹自身命运，概括历史兴衰变迁，寄托自我人生希望，体现了作者政治家的深刻预见与诗人身处孤独之境而不消沉的奋发乐观情调，沉郁而不消沉，忧愁而不哀伤，是刘基诗风的代表作。

题太公钓渭图[1]

璇室群酣夜[2]，璜溪独钓时[3]。浮云看富贵[4]，流水澹须眉。偶应非熊兆[5]，尊为帝者师。轩裳如固有[6]，千载起人思。

注 释

〔1〕本诗选自四部丛刊本《诚意伯文集》卷十五。

〔2〕璇（xuán）室：美玉装饰之房子，此处指商纣王的荒淫奢靡。

〔3〕璜（huáng）溪：即磻溪，在今宝鸡市渭水之滨。相传太公望在此垂钓而得璜玉，故又称璜溪。

〔4〕"浮云"句：轻视富贵之意，语出《论语·述而》："不义而富贵，于我如浮云。"

〔5〕"偶应"句：相传周文王将出猎，使人占卜曰："将大获，非熊非黑，

天遣汝师以佐昌。"果然出猎时遇吕尚于渭水之滨。本句意为偶然间应合了文王非熊的梦兆。

〔6〕"轩裳"句：轩为车，裳为衣，轩裳指卿大夫所用之车与衣。本句言当太公官高位贵时，又像本来就拥有它们一样坦然自若。

鉴赏

本诗虽是一首题画诗，但却是由题画、咏史与述志这三层内涵而构成的。前四句是对太公隐居生活的描绘，也是所题画面的实有内容。当殷纣王在宫中荒淫无度而弄得朝政一片黑暗时，吕尚此时却正在渭水边隐居垂钓。他此刻超然自适，无意于富贵，以自在悠闲的心境安度岁月。后四句是对太公出仕后生活情调的叙述，这是画面未提供的，如果说上四句为实写的话，此四句便是虚写。在一个偶然的机会里，吕尚遇到了文王这位明主，转眼间便被尊为帝王之师，并辅佐他建立了不世之功。面对着高官贵爵与赫赫功业，太公犹如对待隐居生涯一样坦然，就像自己本来就是如此似的。当然，作者对吕尚这位历史人物的咏叹并不是没有目的的，在他那"千载起人思"的诗句里，分明包含了他自己对太公此种境界与风度的向往之情，并暗示了他渴求君臣遇合、做帝王之师的志向，所以沈德潜说此诗"通首格高，隐然有王佐气象"。但渴望建立功业还并不是本诗的核心，其主旨在于求得一种安之若素的人生态度，不固执

于一途，而要视有无合适的机遇来定。用传统的儒家术语说，就叫做"素"。《中庸》里说："素富贵行乎富贵，素贫贱行乎贫贱，素夷狄行乎夷狄，素患难行乎患难，君子无入而不自得也。"就像吕尚一样，隐居时就安然垂钓，得志时就安然"轩裳"。这才是高人的自得境界。刘基通过对太公人生模式的回顾，认为应根据有无机遇而定，无机会时便安然隐居，有机会时便大展雄图。

古　戍 [1]

古戍连山火[2]，新城殷地笳[3]。九州犹虎豹，四海未桑麻。天迥云垂草[4]，江空雪覆沙。野梅烧不尽，时见两三花。

注　释

〔1〕本诗选自四部丛刊本《诚意伯文集》卷十五。

〔2〕古戍：古代军队之戍守营地。连山火：相连之烽火。古代的烽火台多设于山上或高处，有敌情时山山相传，故言连山火。

〔3〕殷（yǐn）：震，震动。《旧唐书·昭宗纪》："恸哭之声，殷动山谷。"笳：胡笳，北方少数民族的一种乐器，常用于行军号令。

〔4〕迥:遥远。汉班彪《北征赋》:"野萧条以莽荡,迥千里而无家。"云垂草:云与草相连,形容天地空远荒凉。

鉴赏

这是作者描写战乱的一首五言律诗,格调雄浑,骨力遒劲。首联总写战乱之频仍,古戍与新城互文,言到处皆为战火;"连山火"与"殷地笳"对举,言战乱程度之惨烈。次联言战乱所导致之结果,正因"九州"依然虎豹遍地,所以"四海"未得及时农耕。第三联为作者眼中所见,大地荒凉故显天远而云与草相接,江面空阔乃因无船只来往而只有雪覆两岸黄沙。前六句极写战乱之祸害,显荒凉凄然之景象。而尾联却翻出新意,在荒凉空阔的画面里,犹有顽强之野梅花朵盛开,给人以生机,给人以希望。于是全诗遂由凄凉而转向昂扬,形成其悲壮遒劲的沉郁体貌。

宋 濂

宋濂（1310—1381），字景濂，其先为金华潜溪（今浙江金华）人，故称潜溪先生，后移居浦江（今属浙江）。元至正九年（1349）被荐授翰林院编修，以亲老不赴，隐居东明山著书。元至正二十年（1360）被朱元璋征召，初授江南儒学提举，洪武二年（1369）命授太子经，并任《元史》总裁官。累官至翰林学士承旨知制诰，后以年老致仕。洪武十三年（1380）因长孙慎坐胡惟庸党而被流放茂州，病逝于途中。正德年间追谥文宪。宋濂为明朝开国文臣之首，明初朝廷许多大著作均出其手。他论文主张明道宗经，有用于世，代表了明初的朝廷文章观念，故其文章以醇深演迤、浑穆雍容为主要特征。宋濂虽不以诗名，但其本人却颇为自负，且出手亦多不凡，有诗集《萝山集》。其诗古体雄浑深厚，近体淳雅清丽。有《宋学士集》传世。

送许时用还剡[1]

尊酒都门外，孤帆水驿飞。青云诸老尽[2]，白发几人归。

风雨鱼羹饭^[3]，烟霞鹤氅衣^[4]。因君动高兴^[5]，予亦梦柴扉。

注释

〔1〕本诗选自王夫之《明诗评选》卷五。许时用：生卒年不详，元末进士，剡（shàn）（今浙江嵊州市）人。

〔2〕青云诸老：指地位显赫，身居要职者。尽：没有，指或去世或放逐。

〔3〕鱼羹：鲈鱼莼羹之简称。南朝宋刘义庆《世说新语·识鉴》："张季鹰辟齐王东曹掾，在洛见秋风起，因思吴中菰菜羹、鲈鱼脍，曰：'人生贵得适意耳，何能羁宦数千里以要名爵？'遂命驾便归。"后遂以此作为思乡赋归之典。

〔4〕鹤氅（chǎng）：鸟羽所制之外衣，乃神仙或隐士所穿衣装。在此用烟霞、鹤氅代指隐士生活。

〔5〕高兴：高雅的兴致，指归隐的念头。

鉴赏

本诗乃是宋濂的一首送行诗，所送对象是浙东剡（今浙江嵊州市）人许时用。明代初年由于官员缺乏，所以经常征召隐逸之士到朝廷中供职，加之朱元璋以酷法整顿吏制，当时能够得以善终的人不多，有幸能够辞官归乡便会引起许多人的羡慕，所以在明初人的诗文集中送行的文字就占有相当的分量。但一般的送行文字表达情感都比较婉转，或歌颂朝廷宽大之举措，或叮嘱回乡后多思念皇帝之恩泽。而这首诗却很特别，一向以谨慎著称的宋濂却将自我的真实感情流露在诗中，他一方面感叹朝中高官已没有几人存在，能够全身而退者实在不多，另一方面更羡慕风雨烟霞的隐士生活，思念故乡的"鱼羹饭"。最后他甚至由许时用的归乡而想到了自己，而且他没敢做"鹤氅衣"的美梦，而只想回自己的"柴扉"之家过平淡的生活，则对政治之恐惧与官场之厌倦便在不言之中了。

陶 安

陶安（1312—1368），字主敬，太平当涂（今属安徽）人。早年曾任元朝明道书院山长。至正十五年（1355）朱元璋率兵渡江，陶安率父老出迎，先后任左司郎中、黄州知府、饶州知府、翰林院学士等职务，最后官至江西省参知政事，不久卒于任上。陶安是元末明初著名文人之一，曾被朱元璋称为"国朝谋略无双士，翰苑文章第一家"。其诗作虽数量不大，但能融豪迈奔放于细腻委婉之中，构成其清旷恢张的体貌，颇能体现开国名臣之气象。有《陶学士集》。

文士二首[1]

文士甘藜藿[2]，林栖阅岁华。一裘春自足，千驷我何加[3]？雨雪欺茅屋，乾坤任钓槎[4]。今朝烟火晚，带露采松花。

文士经纶学[5]，时来志或酬。玉堂清不夜[6]，金鉴

照千秋[7]。白发忧民瘦,丹心为国谋。所期功业盛,富贵一浮沤[8]。

注释

〔1〕本诗选自四库全书本《陶学士集》卷三,当作于元代末年,诗中描绘了文人退隐与出仕的两种不同人生模式。

〔2〕藜藿(lí huò):藜与藿均为低劣之菜,亦泛指粗劣食物。

〔3〕千驷:犹千乘。

〔4〕钓槎(chā):钓舟,渔舟。

〔5〕经纶:整理丝缕、理出丝绪和编丝成绳、统称经纶。引申为筹划治理国家大事。

〔6〕玉堂:官署名,汉侍中有玉堂署,宋以后翰林院亦称玉堂。此处指翰林院,乃文人最能施展才能之地。

〔7〕金鉴:唐玄宗时,张九龄曾"上事鉴十章,号《千秋金鉴录》,以伸讽谕"。见《新唐书·张九龄传》。后以"金鉴"指对人进行讽谕之文章与书籍。

〔8〕浮沤:水面之泡沫,因其易生易灭,常比喻变化无常之事务与短暂之生命。在此指富贵为微不足道之物。

鉴赏

前一首是隐者的人生模式,自甘贫贱,不慕富贵,须忍受甘食藜藿,

"雨雪欺茅屋"的生涯,但却可以有"一衾春自足"的平安,"乾坤任钓槎"的自由,以及"带露采松花"的诗情画意。后一首则是出仕者的人生模式,须吃得"玉堂清不夜""白发忧民瘦"的辛苦,但也能获得"时来志或酬"的自我成就感,和"金鉴照千秋"的生命不朽。从辞采与构境上看,本诗并没有什么过人之处,但却是作者真实的人生体验,同时也是对那一时代文人群体的高度概括。因为隐与仕的前提是逢不逢时,而对于时的认识又往往是因人而异的,于是就形成了吴中文人群体的隐逸倾向与浙东、江右文人的出仕倾向,从而也影响了他们各自不同的诗文风格。但从更高的层面看,这两种不同人生模式恐怕是人们永远需要选择并永远不能两全的,所以也就有了持久的生命力。

寄刘伯温、宋景濂二公[1]

水溢中原又旱干,风尘从此浩漫漫[2]。东山好慰苍生望[3],南国那容皓发安?要整纲常崇黼黻[4],还成文物萃衣冠。圣贤事业平生志,幽乐何须恋考槃[5]?

注 释

〔1〕本诗选自四库全书本《陶学士集》卷五,乃是陶安劝说刘基、宋濂

出山辅佐朱元璋共谋大业之诗作。

〔2〕风尘：被风扬起的尘土，在此喻战乱。

〔3〕东山：东晋人谢安早年曾辞官隐居会稽之东山，经朝廷屡次征聘，才从东山复出，官至司徒要职，成为东晋重臣。此处以东山代谢安，又以谢安代刘基与宋濂。

〔4〕黼黻（fǔ fú）：本指礼服上所绣之华美花纹，在此代指礼乐制度。

〔5〕考槃：语出《诗经·卫风·考槃》："考槃在涧，硕人之宽。"汉儒认为是成德乐道，《毛传》："考，成；槃，乐。"但《考槃序》则言此诗为刺庄公"不能继先公之业，使贤者退而穷处"。故后来即以此喻隐居。此处之"恋考槃"即热衷于隐居的意思。

鉴赏

全诗首联先从水旱灾害所引起的天下大乱说起，次联则强调必须出山的原因：一为救百姓于水火的责任感，所谓"东山不起，奈天下苍生何？"一为自己的境遇不得已，在到处都是战火的江南哪有安身之地？第三联则从儒家理想出发：整顿纲常，恢复礼乐，这是每一位儒者都应负起的历史责任。正是有了上边的诸多理由，所以最后才理直气壮地指出："幽乐何须恋考槃"，为什么要热衷于隐居的生涯呢？朱元璋聘请刘基、宋濂出山早已成为历史的美谈，因而陶安的这首诗也许有奉命而作的嫌疑。但考虑到陶安本人也是被朱元璋聘请出山的谋士，则本诗也就可以视为劝人兼励己的抒情言志之作，从而具有了豪迈激昂的格调，与作者爽朗劲健的诗风颇为协调。

高 启

　　高启（1336—1374），字季迪，号槎轩。祖籍开封，随宋室南渡，家于临安山阴。元末因避战乱而迁居长洲北郭，与杨基、张羽、徐贲等人切磋诗文，号称"北郭十友"。张士诚据吴称王，高启又迁居吴淞青丘岳父家，因又号青丘子。洪武二年（1369），被明朝廷征召修《元史》，授翰林院国史编修。洪武三年（1370），擢为户部右侍郎，高启以年轻不敢当此重任而辞官，被赐金放还。归乡后复居青丘以教书为生。洪武六年（1373），苏州府太守魏观因将新府治建于张士诚宫殿旧址，被人告发有谋反嫌疑而获罪。高启因为其新府治撰写《上梁文》而受牵连，洪武七年（1374）秋被朱元璋腰斩于南京，时年三十九岁。高启是元末明初的大诗人，被明清两代许多诗论家誉为明代诗人之最。他的诗各体兼工，尤长于七言歌行。七古长篇笔力矫健，气势奔纵；近体清新超拔，绮丽自然；乐府诗质朴真实，寄意深远。尽管他的诗有时还未能完全避免模仿前人的痕迹，但依然表达了深厚的情感与时代的气息，并具有自己的风格。目前搜集高启诗最为齐备的，是清雍正间金檀的《高青丘诗集注》，今人徐澄宇、沈北宗将其标点，并改名为《高青丘集》，由上海古籍出版社出版。

牧 牛 词[1]

尔牛角弯环，我牛尾秃速[2]。共抬短笛与长鞭，南陇东冈去相逐。日斜草远牛行迟，牛劳牛饥惟我知。牛上唱歌牛下坐，夜归还向牛边卧。长年牧牛百不忧，但恐输租卖我牛。

注 释

〔1〕本诗选自《高青丘集》卷二。

〔2〕秃速：亦作"秃簌"，凋疏貌，此指牛尾细而少毛。

鉴 赏

在高启诗集中，本诗属乐府诗一类。诗作继承了乐府诗语言通俗易懂，节奏流畅鲜明的长处，但又在通俗形式中寄托了讽喻的深意。在结构上本诗分为两个部分，前边牧牛的欢乐与结尾卖牛的忧愁形成鲜明对照，具有卒章显其志的新乐府特征。高启之乐府诗多用此种笔法，如《猛虎行》《养蚕词》《伐木词》等，均有此种结构特点。

青丘子歌有序[1]

江上有青丘，予徙家其南，因自号青丘子。闲居无事，终日苦吟，间作《青丘子歌》言其意，以解诗淫之嘲[2]。

青丘子，癯而清[3]，本是五云阁下之仙卿[4]。何年降谪在世间，向人不道姓与名。蹑屩厌远游[5]，荷锄懒躬耕。有剑任锈涩，有书任纵横，不肯折腰为五斗米[6]，不肯掉舌下七十城[7]。但好觅诗句，自吟自酬赓。田间曳杖复带索，旁人不识笑且轻。谓是鲁迂儒、楚狂生[8]。青丘子，闻之不介意，吟声出吻不绝咿咿鸣。朝吟忘其饥，暮吟散不平。当其苦吟时，兀兀如被酲[9]。头发不暇栉，家事不及营。儿啼不知怜，客至不果迎。不忧回也空[10]，不慕猗氏盈[11]。不惭被宽褐[12]，不羡垂华缨[13]。不问龙虎苦战斗[14]，不管乌兔忙奔倾[15]。向水际独坐，林中独行。斫元气，搜元精。造化万物难隐情，冥茫八极游心兵，坐令无象作有声。微如破悬虱[16]，壮若屠长鲸。清同吸沆瀣[17]，险比排峥嵘。霭霭晴云披，轧轧冻草萌。高攀天根探月窟[18]，犀照牛渚万怪呈[19]。妙意俄同鬼神会，佳景每与江山争。星虹助光气,烟露滋华英,听音谐韶乐[20],咀味得大羹[21]。世间无物为我娱,自出金石相轰铿。江边茅屋风雨晴,闭门睡足诗初成。叩壶自高歌,不顾俗耳惊。欲呼君山父老携诸仙所弄之长笛[22],和我此歌吹月明。但愁欻忽波浪起[23],鸟兽骇叫山摇崩。天帝闻之怒,下遣白鹤迎。不容在世作狡狯[24],复结飞珮还瑶京[25]。

注 释

〔1〕本诗选自《高青丘集》卷十一,作于高启二十七岁隐于青丘之时,正是作者诗歌创作的高峰期。

〔2〕诗淫:写诗入迷,即诗癖。

〔3〕癯(qú):清瘦貌。

〔4〕五云阁:指神仙所居之地。仙卿:仙客。

〔5〕蹑屩(niè juē):穿着草鞋。

〔6〕"不肯折腰"句:用晋人陶渊明故事,指不肯因微薄薪俸而出仕为官。

〔7〕"不肯掉舌"句:用汉人郦食其(yì jī)之事。汉高祖三年(前204),郦生游说齐王田广归汉,得七十余城。见《史记·郦生陆贾列传》。掉舌,施展口舌辩才。

〔8〕鲁迂儒:迂腐不达时务的书生。《史记·刘敬叔孙通列传》载,叔孙

通为刘邦制礼而征召鲁地儒生三十余人，有两儒生不肯前往。叔孙通说："若真鄙儒也，不知时变。"楚狂生：狂傲的书生。《论语·微子》载，有楚国狂接舆曾讥笑孔子。

〔9〕被酲（chéng）：醉酒。

〔10〕回也空：指贫穷。孔子弟子颜回因贫穷而不改志向，被孔子所叹赏。见《论语·先进》《论语·雍也》。

〔11〕猗（yī）氏盈：像富商猗顿那样富有。猗氏即春秋时鲁国富豪猗顿。

〔12〕褐（hè）：粗麻衣服。被宽褐，身穿宽大的粗布衣服，指身份为平民。

〔13〕华缨：华丽的帽带，指做官。

〔14〕龙虎苦战斗：喻元末群雄之割据争斗。

〔15〕乌兔：即太阳与月亮。相传日中有三足金乌，月中有白兔捣药，故常以金乌指太阳，白兔指月亮。此句言不顾岁月流逝。

〔16〕破悬虱：用纪昌学射事。相传纪昌为学射而以牛毛悬虱于窗间，目视三年后而觉虱子大如车轮，然后引弓射之，贯虱之心而悬不绝。见《列子·汤问》。

〔17〕沆瀣（hàng xiè）：清新的露气。

〔18〕天根：二十八宿中氐宿星之别名。《尔雅·释天》："天根，氐也。"

〔19〕"犀照"句：用温峤事。《晋书·温峤传》："(峤)至牛渚矶，水深不可测，世云其下多怪物。峤遂燃犀角照之，须臾见水族覆灭，奇形怪状。"牛渚矶即采石矶，在今安徽省当涂县。

〔20〕韶乐：相传为舜虞时的乐名。《论语·八佾》："子谓《韶》，尽美矣，又尽善也。"

〔21〕大羹：古时祭祀所用的未加调料之肉汁，后指醇美之物。

〔22〕"欲呼"句：用《博异志》典，相传商人吕卿筠善吹笛，月夜泊舟君山侧，命酒吹笛。忽有老父乘舟而来，吹笛三声，湖上风起水涌，鱼鳖跳喷；吹五六声，君山鸟兽叫噪，月色昏黄。舟人大恐，老父遂止，然后饮酒数杯，掉舟而去，隐隐没入水波间。

〔23〕欻（xū）忽：忽然，顷刻。

〔24〕狡狯（kuài）：灵活变化，在此喻文心之灵动。

〔25〕瑶京：传说中天帝所居之地。

鉴赏

本诗主要是对诗人自我形象之刻画，通过反复的描绘与渲染，塑造出一位身处元明之际的吴中诗人形象。作者写自己的嗜好，自己的理想，自己的奇趣，自己的才能，其实是对元末隐逸诗人形象的集中描绘。

诗歌起首即为自我定位为"五云阁下之仙卿"，然后全诗便围绕"仙卿"而展开。先写其奇异行为与超然脱俗之人格，不喜远游，不事生产，不贪富贵，不顾非议，"但好觅诗句，自吟自酬庚"。所有的怪异之举均是因吟诗而引起。继之便写其吟诗之入迷状态：像

酒醉后的迷狂，以致无暇梳洗，难营家事，甚至儿女哭啼不知照料，客人到来不知迎接。总之，外在的纷扰争斗世界已不再顾及，自然时间的流逝已浑然不觉。与外在的"迂""狂"相比，作者接着重笔浓墨描绘了其沉浸诗歌创作中的种种美妙情状与心理愉悦：诗人之奇妙在于"造化万物难隐情，冥茫八极游心兵，坐令无象作有声"，诗人之高超在于"高攀天根探月窟，犀照牛渚万怪呈"，诗人之自豪在于"妙意俄同鬼神会，佳景每与江山争"，诗人之喜悦在于"听音谐韶乐，咀味得大羹"。此乃诗人的权力与优势，是常人所无法感知的世界。此种诗意之美妙在人间只能"叩壶自高歌"而独自享用，只有那仙界之"君山老父"才能与之相和而欢。由此作者也回答了诗人何以会沉迷其中而不能自拔的原因。最后作者认为自己的灵心与才气连天帝都闻之而怒，下遣白鹤迎接其重回仙境。从"何年降谪在世间"到"复结飞珮还瑶京"，是一个完整的人间游历过程，也是诗作首尾照应的完整结构。

  高启的歌行体一向被人称为有太白之风，由此诗即可见一斑。全诗想象奇特，生气贯注，诗句既参差错落，又节奏鲜明。加之以仙人自居的形象描绘，更显示出李白的风度与气势。此外，诗中对诗人创作过程与创作心理的细腻描绘，也是自陆机《文赋》以来的论诗诗中所少有的。

高启

清明呈馆中诸公〔1〕

新烟着柳禁垣斜〔2〕，杏酪分香俗共夸〔3〕。白下有山皆绕郭〔4〕，清明无客不思家。卞侯墓上迷芳草〔5〕，卢女门前映落花〔6〕。喜得故人同待诏〔7〕，拟沽春酒醉京华。

注释

〔1〕本诗选自《高青丘集》卷十四。洪武二年（1369），高启与谢徽等吴中文人被朝廷征至南京撰修《元史》，故本诗当作于次年春。

〔2〕新烟：旧俗清明节前一日为寒食节，因纪念介子推而禁烟火。清明节时再燃烟火，故称新烟。禁垣：宫墙。

〔3〕杏酪：语出《玉烛宝典·二月仲春》："今人寒食日，煮麦粥，研杏仁为酪，以饧沃之。"

〔4〕白下：即南京，唐代改金陵为白下，后遂为南京之别称。

〔5〕卞侯：即卞壸（kǔn），字望之，晋朝济阴冤句人，曾任尚书令，在平苏峻之乱中战死，葬于冶城，赠左光禄大夫。见《晋书·卞壸传》。卞壸之墓在鸡鸣山之阳。

〔6〕卢女：指古代善歌女子莫愁。《江宁府志》："三山门外，昔有妓卢莫愁家，此有莫愁湖。"

〔7〕待诏：即翰林院待诏，此处指在国史院一起撰修《元史》的同僚，其中所言"故人"，包括一起被征召修史的吴中文人王彝、谢徽、张简、高逊志及唐肃等人。

鉴赏

　　本诗之好处在于词句清丽而意旨含蓄。首联写时令环境。次联是写景名句，上句实写，下句虚写；上句写景，下句抒情；"白下"对"清明"是假对，借"清"为"青"，色泽鲜明。然"清明无客不思家"实为本诗之主调。第三联用"卞侯"与"卢女"之典故以增强此种情调：卞侯虽功高而如今惟有芳草蔽墓，卢女虽美而如今只有几片落花，一切都如过眼烟云般地消逝了。尾联是以喜笔写忧，虽则回家无望，好在尚有同馆故友，以沽酒同醉的方式而暂忘思家之念而已。高启此时处于人生的矛盾状态，朝廷的征召当然是迫不得已之事，其本人也有通过修史以实现其济世理想的愿望，但他同时又不愿离开吴中亲人去京城忍受孤独的生活，于是遂萌生一种莫名的惆怅。"白下有山皆绕郭，清明无客不思家"，是当时真实感受，并非泛泛之笔。

高启

吴城感旧^[1]

城苑秋风蔓草深,豪华都向此销沉。赵佗空有称尊计^[2],刘表初无弭乱心^[3]。半夜危楼俄纵火^[4],十年高坞漫藏金^[5]。废兴一梦谁能问?回首青山落日阴。

注释

〔1〕本诗选自《高青丘集》卷十四,乃感叹张士诚政权覆灭而作。

〔2〕赵佗:秦汉之际人。秦时为南汉郡龙川县令,后行南汉尉事。秦亡后自立为南越武王,后又自称南越帝。文帝元年(前179),陆贾使南越,赵佗乃上书称臣,去帝号。参见《史记·文帝本纪》。此处以赵佗指代张士诚,《明纪》:"元至正二十三年,张士诚自号吴王。"

〔3〕"刘表"句:刘表为东汉末人,时任荆州刺史,身处乱世而只图自保。曹操与袁绍在官渡相持不下。袁绍派人向刘表求助,刘表假意应允而并不出兵,但亦不帮曹氏,惟取观望态度。见谢陛《季汉书·内传》。《明纪》载:"至正二十年闰五月,陈友谅既陷太平,僭伪号;遣使约张士诚同入寇,士诚龌龊自固,不敢应。"作者在此以刘表指代张

士诚,讥讽其胸无大志。

〔4〕危楼:高楼。《明纪》载:"张士诚城破,集薪齐云楼下,驱群妾侍女登楼,令养子辰保纵火焚之。"

〔5〕高屋漫藏金:《后汉书》载:"董卓坞于郿,号万岁坞,藏金二三万斤,银八九万斤,积谷三十年。"此处乃指代张士诚,言其像董卓一样,只会筑城自保而已。

鉴赏

　　据史书记载,当年张士诚占据吴中,曾对归附文人多有优待,故文人对其亦多有好感,因此吴中文人都多多少少与张氏政权有些关系。高启的朋友中有不少都曾在张氏政权中供过职,从情感上说高启对张氏政权是有些同情的,在本诗的开头、结尾的兴亡感叹中也是分明体现了此一点的。但作者并没有因为情感上的同情而忽视对张士诚胸无大志、目光短浅的批评。无论是将其比喻为赵佗、刘表还是董卓,都是含有深刻的讥讽意味的。本诗在写法上主要是用典精确,蓄意深厚,作者通过将张士诚与赵佗、刘表、董卓等历史人物的对照,使读者产生深长的历史联想,增加了诗的意蕴,从而耐人咀嚼品味。

高启

送沈左司从汪参政分省陕西汪由御史中丞出[1]

重臣分陕去台端[2],宾从威仪尽汉官[3]。四塞河山归版籍[4],百年父老见衣冠[5]。函关月落听鸡度[6],华岳云开立马看[7]。知尔西行定回首,如今江左是长安[8]。

注释

〔1〕本诗选自《高青丘集》卷十四。

〔2〕重臣:大臣,朝廷所倚重之臣。此处指汪参政。分陕:至陕西任职,也就是到中书省的派出机构陕西分省任职之意。去台端:离开御史台。

〔3〕宾从威仪:指汪参政的僚属随从。汉官:兼指汉人与汉服二项。《后汉书·光武帝纪上》:"及见司隶僚属,皆欢喜不自胜。老吏或垂涕曰:'不图今日复见汉官威仪。'"此"汉官威仪"本指汉朝官吏之服饰与典礼制度,后来也泛指华夏礼仪制度。高启此句诗乃化用此典。

〔4〕四塞河山:指陕西境内。战国时苏秦曾说:"秦,四塞之国。"见《史记·苏秦列传》。后来之陕西即战国时秦地。版籍:户籍。

〔5〕百年:此指元代统治时间,实为九十七年,此举成数。

〔6〕函关:即函谷关,在河南灵宝市南深谷中,为入陕之重要关隘。听

鸡度：听到鸡鸣即可度关。战国时孟尝君被囚于秦，后出逃而至函谷关，夜半而关门闭。随行之人学鸡鸣而引群鸡齐鸣，方得出关脱身。见《史记·孟尝君列传》。此处反用此典，意为不必像孟尝君那般仓促狼狈，可从容听鸡鸣而度关。

〔7〕华岳：西岳华山，在今陕西省华阴市南。

〔8〕江左：江南。长安：汉唐两代之首都，后亦专指首都。此处江左之长安系指南京，而汪参政前往之地则为历史上之长安。

鉴赏

　　许多明诗注本都曾引沈德潜的话来赞扬此诗，说是"音节气味，格律词华，无不入妙，《青丘集》中为金和玉节"。且不说此言并非沈德潜原创而是陈子龙《皇明诗选》中所言，仅就此话本身说也只不过是复古派格调说的观点，很难点出此诗的真正妙处。本诗从内容说是一首台阁体诗，从作者与所写对象关系说是一首送行诗。台阁体大多容易流于歌功颂德而缺乏真情实感，更何况高启与朱明政权的关系并不密切。而其所送对象是由御史中丞身份而出任陕西参政的汪广洋与其朋友沈左司。沈左司已不知其名，汪广洋虽是当时的重要人物，但与高启均属泛泛之交，这样的送行诗也很容易写成官场应酬之作。特别是自唐代以来，送行诗已形成基本套式，比如起首交代出行缘由，中间二联或写景或抒情，结尾说些勉励惜别的话。拿此套子去看此诗，的确没有什么太多出奇之处，起首说缘由并夸耀对方的官位与威仪，中间写所去之地与所经之路，最后的确有些巧笔，汪、沈二人所去为汉唐国都长安，可如今的国都却已成南京，"知尔西行定回首，如今江左是长安"，既是对当今皇上的歌颂，又是对二人恋阙忠心的表露，同时也是实际情况的叙述，的确是够巧妙的。但仅有此不能说此诗有何过人之处，因为只有陈子龙所言的"音节气味，格律词华"，甚至再加上布局巧妙也难成佳作。本诗的真正价值在于其中所言的天下统一与民族再兴是一个时代的共同心声，"宾从威仪尽汉官"的传统复归，"百年父老见衣冠"的喜悦兴奋，都是明初人关注的焦点与真实的心理感受。可以说此诗套子里所灌注的是真实的情感与真实的现实状况，而这才是其成功的关键。

晚寻吕山人 [1]

小艇载琴行，松花落晚晴。君家最可认，隔树有书声。

注 释

〔1〕本诗选自《高青丘集》卷十六。

鉴赏

吕山人应为作者之好友吕敏,字志学,元末时曾隐居不仕。本诗旨在突出一种高雅超脱的情趣,因而作者将背景定格在傍晚松花飘落的溪水边。在作者一方,则用琴以突出其雅趣;在山人一边,则用书声以显其高韵。于是,以美境对韵趣,显示了作者与山人共同的志趣情操。

秋　柳[1]

欲挽长条已不堪,都门无复旧毵毵[2]。此时愁杀桓司马[3],暮雨秋风满汉南[4]。

注释

〔1〕本诗选自《高青丘集》卷十七。

〔2〕都门:此处指南京城门。毵(sān)毵:柳条垂拂纷披貌。

〔3〕桓司马:指晋人桓温、曾任大司马。史载桓温北伐,行经金城,见其前所种柳树皆已十围,感叹曰:"木犹如此,人何以堪。"攀枝而泫然涕下。见《晋书·桓温传》。

〔4〕汉南:汉水之南。语出庾信《枯树赋》:"桓大司马闻而叹曰:'昔年种柳,依依汉南;今看摇落,凄怆江潭。'"此处借用为作者因残柳而感秋气之肃杀。

鉴赏

本诗作于洪武初年高启在南京修史期间,此时他虽入朝供职,但深感政治环境的险恶,常有辞官归隐的打算。诗借用晋人桓温"木犹如此,人何以堪"的典故,以及凋残的秋柳意象,婉转含蓄地抒发了自己的苦闷与凄冷情感,寄情于物,一唱三叹。后来清人王士禛等人有不少同名之作,高启可谓开其端。

登金陵雨花台望大江 [1]

大江来从万山中,山势尽与江流东。钟山如龙独西上[2],欲破巨浪乘长风[3]。江山相雄不相让,形胜争夸天下壮。秦皇空此瘗黄金,佳气葱葱至今王[4]。我怀郁塞何由开,酒酣走上城南台[5]。坐觉苍茫万古意[6],远自荒烟落日之中来。石头城下涛声怒[7],武骑千群谁敢渡。黄旗入洛竟何祥[8],铁索横江未为固[9]。前三国,后六朝,

草生宫阙何萧萧[10]！英雄乘时务割据[11]，几度战血流寒潮。我生幸逢圣人起南国[12]，祸乱初平事休息。从今四海永为家[13]，不用长江限南北。

注释

〔1〕这首七言歌行选自《高青丘集》卷十一、是高启在南京修史之洪武二年（1369）所作。

〔2〕"钟山"句：钟山即紫金山，在南京东，其势由东而西呈上升状，犹如巨龙。

〔3〕"欲破"句：化用《南史·宗悫传》"愿乘长风破万里浪"语。

〔4〕"秦皇"二句：《丹阳记》："秦始皇埋金玉杂宝以压天子气，故名金陵。"瘗（yì），埋。葱葱，茂盛貌，此处指气象旺盛。

〔5〕城南台：即雨花台。

〔6〕坐觉：自然而觉。

〔7〕石头城：古城名，故址在今南京清凉山，战国时楚国所建，三国时孙权重修改为石头城，以形势险要著称。

〔8〕黄旗入洛：三国时吴王孙皓听术士说："黄旗紫盖见于东南，终有天下者，荆、扬之君乎？"于是就率家人宫女西上入洛阳以顺天命。途中遇大雪，士兵怨怒，才不得不返回。此处说"黄旗入洛"其实是吴被晋灭的先兆，所以说"竟何祥"。

〔9〕铁锁横江：三国时吴军为阻晋兵进攻，曾在长江上设置铁锥铁锁，均被晋兵所破。

〔10〕萧萧：冷落，凄清。

〔11〕英雄：指六朝之开国君主。务：致力，从事。

〔12〕圣人：指朱元璋。起南国：起兵于南方，朱元璋为濠州（今安徽凤阳）人，依郭子兴于家乡起兵。

〔13〕四海永为家：用《史记·高祖本纪》"天子以四海为家"语。

鉴赏

高启作此诗时恰逢朱元璋刚刚统一天下而建立明王朝，诗中免不了有颂扬新朝之意。他认为朱明政权结束了群雄割据、天下大乱的局面，使国家重新归于统一，百姓们可得以休养生息，这的确是值得欣喜颂扬的。所以他才会在诗的开头极力渲染明初建都之地金陵南京的气势雄伟，在这"江山相雄不相让，形胜争夸天下壮"的虎踞龙盘之地上建都，自然拥有了君临天下的帝王之气。但作者又不是一味地颂扬，而是依然怀有"郁塞"之情，那就是仅有此险要地势还是远远不够的，那些历史上纷纷在金陵建都的割据英雄们，为何像走马灯似的变幻不定，成为历史的匆匆过客，原因就是他们只是为了个人的私利而称霸割据，而不顾百姓的死活。因此，重要的不是地势的险要，而是能够使百姓安乐，只要以德而治，百姓安宁，那就实现了四海为一家的太平局面,也就用不着长江的天险作用了。这样的担忧与劝诫体现了作者关注民生苦乐的仁者之心,也使诗作增加了深度,将其与一般的颂圣之作区别开来。而且这种立意也决定了该诗既气势豪迈又沉郁顿挫的风格特征。

全诗开头八句颂扬金陵的险要地势,言秦始皇埋金宝欲压其王气而不可得,使诗作起势不凡,颇有太白之风。中间八句是对历史的咏叹,作者回顾了发生在金陵的历史故事,指出如果单凭这险势王气来满足个人的割据或称帝野心,则只能徒然成为历史的笑柄。这种感叹不仅使诗作具有悠长的历史感,也与前边的颂扬成为对照,从而引起读者的深思。最后又将上述的两层意思绾合起来,既赞扬朱元璋评定战乱、统一天下的历史功绩,又暗含以德服人而不以险胜人的深层用意,从而使诗作的结尾显得意味深长,含蓄不尽。这种风格反映在结构上,则是大开大阖,多有转折,但又一气贯注,毫无阻隔之感。在表现方法上,则融咏物、抒情与议论于一体,遂构成奔放沉雄的诗风。

杨 基

杨基(1325—1378),长洲(今江苏苏州)人,字孟载,号眉庵。元末避乱隐居吴中,为"吴中四杰"之一。张士诚据吴中,杨基被辟为记室,不久辞去。明初被朱明政权征为荥阳知县,后官至山西按察副使,又被谗夺职,谪服劳役,卒于工所。著有《眉庵集》。

闻邻船吹笛[1]

江空月寒江露白,何人船头夜吹笛。参差楚调转吴音[2],定是江南远行客。江南万里不归家,笛里分明说鬓华。已分折残堤上柳[3],莫教吹落陇头花[4]。

注 释

[1] 本诗选自四库全书本《眉庵集》卷三。

[2] 参差:本为不齐貌,此处指音调的长短起伏。

[3] 已分:已经料定。折残堤上柳:古人有折柳送别习惯,此处言"折残",

是言其离别之多。

〔4〕陇头花：指梅花。用南朝陆凯之典：陆凯与范晔相友善，自江南寄梅一枝并附诗曰："折花逢驿使，寄与陇头人。江南无所有，聊赠一枝春。"见《太平御览》卷九七〇 盛弘之《荆州记》。

鉴赏

　　本诗乃作者抒写离乡忧愁之作，但却并不从自身说起，而是借闻笛而发。始而是楚调，转而是吴音，从其声调中感到对方像自己一样，乃是"江南远行客"。"江南万里不归家，笛里分明说鬓华"是推测对方，更联想到自己，于是双方的感情由此合一。最后以折柳、寄花之典故抒发了离别者的思念之情。全诗抒情巧妙，用典恰切。更重要的是，在张士诚政权覆灭后，曾有大量吴中文人被迁往北方，饱尝离别之苦。作者即为其中之一，故诗中情感具有相当的代表性。

闻　蝉 [1]

　　眉庵四十未闻道，偶于世事无所好。寻常惟看东家竹，屈指十年今不到。微躯之外无长物，寒暑一裘兼一帽。妻孥屡欲升斗绝[2]，不独无烟亦无灶。身轻自笑可驾鹤，眼明岂止堪窥豹[3]。人情世故看烂熟，皎不如污恭胜傲。有瑕可指未为辱，无善足称方入妙。此意于今觉更深，静倚南风听蝉噪。

注释

〔1〕本诗选自四库全书本《眉庵集》卷二。

〔2〕妻孥（nú）：妻子儿女。

〔3〕窥豹：窥豹一斑之省略，谓只见局部而不见整体。此句为反问，意为眼明而识大体。

鉴赏

本诗首句言作者四十尚未闻道，可知应作于元至正二十五年（1365）左右，正是元末时局动荡之际。作者身处如此局面中，虽自谦"未闻道"，其实是因为看透了社会的弊端与时局的不可收拾，故而他宁可忍受贫穷饥寒而"静倚南风听蝉噪"。全诗风格轻灵幽默，语带讥讽，"皎不如污恭胜傲""无善足称方入妙"，辛辣地揭示出世情的混乱与是非的颠倒，同时也表现了自己不愿同流合污的高尚品格。

张 羽

张羽(1333—1385),字来仪,号附凤,江西九江人。元末移居苏州,为"吴中四杰"之一。明初任太常寺丞兼翰林院同掌文渊阁事,后因事谪岭南,途中投龙江死。张羽诗画俱佳,其画师法宋代米氏父子,笔意高妙;诗歌则体裁精密,情喻幽深,尤其诗中多寓沧桑之感。有《静庵集》。

陶 潜 像[1]

五儿长大翟妻贤[2],解绶归来只醉眠。篱下黄花门外柳,秋光不似义熙前[3]。

注 释

[1] 本诗选自四库全书本《静庵集》卷四,原为题《刘伶、谢安、陶潜、王羲之像》之一。

[2] 五儿:指陶潜的五个儿子,其《责子》诗曰:"虽有五男儿,总不好纸笔。"翟妻:指陶潜之继室翟氏。

〔3〕义熙：东晋安帝之年号。

鉴赏

本诗乃是张羽的一首题画诗，其中既有对画面内容的描绘，也有对画面意蕴的引申。前二句说陶潜五个儿子均已长大而妻子又颇贤惠，因而他解官归来似乎可以心无忧虑地饮酒醉卧了。但后二句又荡开去，面前无论是黄花还是柳树，好像都不似"义熙"之前的光景了。这其中既是对陶潜心情的推测，更是自我情感的抒发，遂产生意味深长的效果。高启在《静居者记》中赞扬他"抱廉退之节，慎出处之谊，虽逐逐焉群于众人，而进不躁忽，视事之挥霍变态、倏往而倏来者，若烟云之过目，漠然不足以动之"。可见他的确有陶渊明的高韵，但同时也在心灵深处有陶渊明的不平。

徐 贲

　　徐贲（？—1379），字幼文，祖籍为西蜀，先迁至常州，再徙平江（今江苏苏州），居于城北之望齐门。元末张士诚据平江，聘徐贲为属官。不久辞去，居湖州蜀山隐居读书。朱元璋军克平江，他被谪徙临濠（在今凤阳县）。洪武初年被推荐至朝中为官，先后任给事中、刑部主事、广西参议、河南左布政使等职，后因事下狱死。顾起伦《国雅品》评价其诗说："辞采遒丽，风韵凄朗。殆如楚客丛兰，湘君芳杜，每多惆怅。"即其诗善于抒写哀怨。有《北郭集》。

记　梦[1]

　　梦里绿阴幽草，画中春水人家。何处江南风景，莺啼小雨飞花[2]。

注　释

〔1〕本诗选自四库全书本《北郭集》卷六。

〔2〕"何处"二句：四库本原作"昨夜纱窗细雨，银灯独照梨花"，此据陈田《明诗纪事》卷八改，意象更佳。

鉴赏

　　江南在元代诗文中始终是个特殊的意象，这是因为元代的"南人"在身份上是最低的，在仕途上常常没有出路，即使能跻身官场也多受歧视，因此江南就成了他们梦牵魂绕的精神家园。徐贲入明之际被从吴中迁谪到临濠，事事处处不如意，于是原有的江南意象便又经常浮现于脑海中。他在同时还写过一首《写意》诗："看山看水独坐，听风听雨高眠。客去客来日日，花开花落年年。"他年年日日观看迁谪之地的山水风雨，花开花落，去打发无聊苦闷的生活，梦中自然会回到自己熟悉的江南。作者在此抓住了最具江南特色的绿阴幽草、春水人家，尤其是"莺啼小雨飞花"一句，把江南的温馨、湿润、缠绵、细腻等诗情画意均和盘托出，可谓诗画兼至。但江南的美景只能于梦中相会，则隐藏在背后的是深深的苦涩。这种心情，杨基在《梦绿轩序》中有清楚的说明："余与幼文，同谪钟离，结屋四楹，幼文居东，余居西。诗云：'去年吴城正酣战，却忆危楼望葱茜。今年放逐到长淮，万绿时于梦中见。'因题其室曰'梦绿'。"应该说这段话是本诗最好的注脚。

刘崧

刘崧（1321—1381），初名楚，字子高，号槎翁，泰和（今属江西）人。元末举于乡。洪武三年（1370）以人才荐，授职方郎中，迁北平按察司副使，因事获罪而服役京师。洪武十三年（1380）被朱元璋手敕召为礼部侍郎，以礼部尚书致仕。十四年又召为国子司业，未十日而卒于官。刘崧一生生活简朴清苦，但诗兴至老不衰。又生当元明之际的社会动荡之中，其诗作多能反映战乱中之民生疾苦，诗风平易畅达，开明代江西诗风，影响其乡里达数十年之久，后形成以杨士奇为首之台阁体诗派。有《槎翁诗集》。

东园雨坐书怀[1]

鸟自鸣春花自开，离人去住总兴哀。荒村道路兼泥潦，故里田庐半草莱。万姓疮痍谁复问？群雄爪角自相摧。东南竟日愁昏黑，消息虚传首屡回。

刘崧

注 释

〔1〕本诗选自四库全书本《槎翁诗集》卷六,是一首感叹战乱的诗作。

鉴赏

全诗几乎没有用任何典故,语言也相对通俗直白,但其描写力与概括性却没有因此而减低。首联写自然界的鸟鸣花开并不能减少战乱带给人的忧愁,离人无论是去还是留均难以排除哀伤的心情,这样写概括力很强,表现了战乱之中人们无处容身的不幸处境。次联是写实境,"荒村道路兼泥潦"紧扣"雨坐"的题目,而"故里田庐半草莱"则又回到对战乱所造成恶果的描写上来,并照应了上句的"荒村"一词。第三联是全诗的主旨,他之所以对元末群雄割据不抱好感而称其为"爪角相摧",是因为他们不能顾及百姓的"疮痍"痛苦。尾联则写出了身处战乱中的作者那种心神不定、忽惊忽疑的复杂心态。本诗的好处在于能够平实自然地叙事抒情,准确地表达了对战乱的感受。他的长篇歌行如《南乡怨歌》《采野菜》《后掘冢歌》等均有如此特点,展现了刘崧平实自然的诗歌风貌。

林 鸿

林鸿(生卒年不详),字子羽,福清(今属福建省)人。洪武初因荐授将乐县训导,历官礼部精膳司员外郎,年未四十而自免归。与周玄、郑定、黄玄、王褒、唐泰、高棅、王恭、陈亮、王偁号称"闽中十子",林鸿居其首,开闽诗派先河。《四库全书总目提要》称"其论诗唯主唐音,所作以格调胜",但同时又引李东阳《怀麓堂诗话》言其"盖能极力摹拟,不但字面句法,并其题目亦效之,开卷骤视,宛若旧本。然细味之,求其流出肺腑、卓尔自立者,指不能一再屈也"。明人常用才思藻丽、气色高华来形容其诗风,大都是从形式格律着眼。究其实则写景咏物多有工丽之句,而亦时有失之浮泛之处。有《鸣盛集》。

夕 阳 [1]

抹野衔山影欲收,光浮鸦背去悠悠。高城半落催鸣角,远浦初沉促系舟。几处闺中关绣户,何人江上倚朱楼。凄凉独有咸阳陌[2]，芳草相连万古愁。

注释

〔1〕本诗选自四库全书本《鸣盛集》卷三，是一首写景咏物的七言律诗，最能体现闽中诗人的创作风格。

〔2〕咸阳陌：咸阳，秦代之都城，今属陕西省，咸阳陌即咸阳之小道。

鉴赏

  本诗是被当时人广为传颂的名作，其好处在于咏物之工丽，全诗紧扣夕阳的变化来写典型的景象。首联"抹野衔山"与"光浮鸦背"是对夕阳的具体描写，而"影欲收"与"去悠悠"则写出了夕阳的渐渐下山消逝。中间两联是写夕阳中人的活动，夕阳西下而高城鸣角，红日初沉而远浦系舟，闺中女子纷纷关上绣楼之门，而江边朱楼上正有关心远去亲人的少妇倚栏凝望。这些意象都是唐诗中反复出现过的，读来多有似曾相识之感。尾联的"凄凉独有咸阳陌，芳草相连万古愁"，尽管"凄凉独有"与"万古愁"的下语分量很重，却又很难找到具体所指以及与作者的具体联系，因而也就显得比较浮泛。有人以为尾联有元明之际的易代沧桑之感，体现了那一时代文人的共同感受。造景工丽而抒情浮泛乃是当时闽中诗人的共同特征，而且影响很大。

孙蕡

孙蕡（1337—1393），字仲衍，号西庵，广东顺德人。元末避乱山中。明洪武三年（1370）应试中进士，授工部织染局使，不久出任虹县主簿。入为翰林典籍，出为平原主簿，因事牵连被逮，罚修京师城墙。后获释罢归乡里。洪武十五年（1382）起为苏州府经历，因事被诬而谪戍辽东。洪武二十六年（1393），因曾替蓝玉作画而牵连进谋反案中，终获杀身之祸。孙蕡是历史上第一位有成就的南粤诗人，与当时诗人王佐、赵介、李德、黄哲在广州南园结诗社，并称"南园五先生"，对岭南诗歌发展起到很大推动作用。清人朱彝尊《静志居诗话》论其诗曰："五古远师汉魏，近体亦不失唐音，歌行犹琳琅可诵。"《四库全书总目提要》曰："蕡当元季绮靡之余，其诗卓然有古格，虽神骨隽异不及高启，而要非林鸿诸人所及。"孙蕡最有成就的是七言歌行，往往写得清丽婉畅，富于才情。有《西庵集》。

孙蕡

南园歌赠王给事彦举[1]

　　昔在越江曲[2]，南园抗风轩[3]。群英结诗社，尽是琪琳仙[4]。南园二月千花明，当门绿柳啼春莺。群英组络照江水，与余共结沧洲盟[5]。沧洲之盟谁最雄，王郎独有谪仙风[6]。狂歌放浪玉壶缺，剧饮淋漓宫锦红。青山日落情未已，王郎拂袖花前起。欢呼小玉弹鸣筝[7]，醉倚庭梧按宫徵。哀弦泠泠乐未终[8]，忽有华月出天东。裁诗复作夜游曲[9]，银烛飞光白似虹。当时意气凌寰宇，湖海诗声万人许。酒徒散落黄金空，独卧茅檐夜深雨。分飞几载远离群，归来城市还相亲。闲来重访旧游处，苍烟万顷波粼粼。波粼粼兮日将夕，西风一叶凌虚舟[10]，犹可题诗寄青壁。

注　释

〔1〕本诗选自四库全书本《西庵集》卷三，是赠其好友王彦举的。

〔2〕越江：应即粤江，珠江旧称粤江。

〔3〕南园：在广东广州市南。

〔4〕琪琳：琪与琳均为美玉，此处喻结社诗人均为才质美丽之人。

〔5〕沧洲：滨水之地，古时常用以称隐士的居处。沧洲盟即隐居之盟约。

〔6〕谪仙：谪居世间的仙人。此处指李白。唐孟启《本事诗·高逸》："李太白出自蜀，至京师，舍于逆旅。贺监知章闻其名，首访之。既奇其姿，复请所为文。出《蜀道难》以示之。读未竟，称叹者数四，号为'谪仙'。"

〔7〕欢呼：高兴地召来。此处呼为动词，与下句"醉倚"为同一结构。

〔8〕泠（líng）泠：形容清脆激越的声音。

〔9〕裁诗：作诗。此处"裁"为写作、创作之意。

〔10〕虚舟：轻捷之舟。

鉴赏

本诗中所言王彦举是岭南诗人王佐的字，人称听雨先生，祖籍本为河东蒲州（今山西省永济市）人。元末徙居南海，与孙蕡为诗文友。洪武六年（1373）被征至京师，拜给事中。因不乐仕进，两年后乞返故里，得其善终。著有《听雨集》。王佐才思雄俊，时谓"构辞敏捷，王不如孙；句意沉著，孙不如王"。全诗共分三层，以点面结合的笔法回忆了南园诗社的活动。第一层为前八句，是从面上写诗社，强调了群英荟萃，并同有追求隐居生活的雅趣。第二层是中间十六句，集中笔墨写所赠对象王彦举。作者用"王郎独有谪仙风"概括指出其具有李白风韵的突出个性，然后写其狂歌放浪，饮酒淋漓，音乐修养，高超诗才，尤其是强调其"意气"与洒脱，其中"当时意气凌寰宇,湖海诗声万人许"二句,的确写出了李白的神韵风采。而"酒徒散落黄金空,独卧茅檐夜深雨"二句,除了有李白"五花马,千金裘,将儿呼出换美酒"的超然不群外,同时也使诗作具有悠远的意境与韵味,既描绘出王佐的风神,又显示了自己的诗思。第三层是最后七句,是对南园雅会的追忆与回味,写得余韵杳然,含不尽情于言外。诗作的好处在于既是对朋友的赞扬,同时也寄托着自我的浓郁情感,因为他并不是局外人,而就是其中的一员,甚至是主角,这就使诗作显得真切感人,令人值得回味。

方孝孺

方孝孺(1357—1402),字希直,一字希古,宁海(今属浙江)人。明洪武九年(1376)师事大儒宋濂,历四年而尽得其学。洪武十四年(1381)应召赴京师,旋被遣还。二十四年(1391)再度被召,授汉中府教授。蜀献王聘其为世子师,名其学舍曰"正学",故又称正学先生。建文时被召为翰林侍讲学士,辅建文帝锐意复古,多有建树。燕王朱棣起兵入南京,命孝孺草即位诏书,孝孺坚不从命,且丧服号哭为建文帝哀,因被朱棣斩于市,并灭十族。孝孺劲气直节,立志高远,诗虽非其所长,然所作多浑朴纯正,自然畅达。有《逊志斋集》。

闲居感怀十七首(选二)[1]

凤随天风下,暮息梧桐枝。群鸱得腐鼠,笑汝长苦饥[2]。举头望八荒,默与千秋期。一饱亮易得,所存终不移。

我非今世人,空怀今世忧。所忧谅无他,慨想禹九州。

商君以为秦[3],周公以为周[4]。哀哉万年后,谁为斯民谋。

注释

[1] 本诗选自《逊志斋集》卷二十三。"闲居感怀"本是组诗,此二首原列第二与第八首,是作者抒写自我怀抱的诗篇。

[2] "凤随"四句:所言凤与鸱(chī)的典故语出《庄子·秋水》,说是南方一种鸟叫鹓雏(一种像凤凰的鸟),发于南海而飞于北海,非梧桐不栖,非练实不食,非醴泉不饮。鸱得到一只腐鼠,见鹓雏从空中飞过,即对鹓雏大叫,生怕抢去自己的腐鼠。此处用该典故以喻小人与贤者之境界差异巨大。鸱,一种凶猛之鸟,俗称猫头鹰。

[3] 商君:战国时政治家,本为卫国人,公孙氏,名鞅,亦称卫鞅。后入秦说服秦孝公变法图强,因功封于商地,故称商鞅。秦孝公死后,被秦国贵族诬陷,车裂而死。

[4] 周公:西周初年政治家,姬姓,名旦,亦称叔旦。周文王之子,武王之弟。因封地在周(今陕西岐山北),称为周公。相传他曾辅佐武王平定叛乱,并制礼作乐,建立典章制度。

鉴赏

根据篇中所写内容,方孝孺此时虽然尚身处低位,境遇窘迫,但已志存高远,自命不凡。第一首自喻为凤凰贤豪,蔑视庸人般的鸱鸟

追逐腐鼠小利,他的志向是要与"千秋期",无论身处何地何时均"所存终不移",表达了自我高尚的道德情操。第二首则将自我提升到更高的境界,甚至连商鞅、周公的只为一朝一姓的功业也不被欣赏,他所追求的是大禹治水般的天地境界,目的既不是为一己之私,也不是为一家一姓之兴衰,而是要为"斯民谋",即为天下苍生谋求福利。诗体属五古,没有刻意的描写与构思,而是直抒胸臆,以境界高远胜。

吊李白[1]

君不见,唐朝李白特达士,其人虽亡神不死。声名流落天地间,千载高风有谁似!我今诵诗篇,乱发飘萧寒。若非胸中湖海阔,定有九曲蛟龙蟠。却忆金銮殿上见天子,玉山已颓扶不起[2]。脱靴力士只羞颜,捧砚杨妃劳玉指[3]。当时豪侠应一人,岂爱富贵留其身。归来长安弄明月,从此不复朝金阙[4]。酒家有酒频典衣,日日醉倒身忘归。诗成不管鬼神泣,笔下自有烟云飞。丈夫襟怀真磊落,张口谈天日月薄。泰山高兮高可夷,沧海深兮深可涸。惟有李白天才夺造化,世人孰得窥其作。我言李白古无双,至今采石生辉光[5]。嗟哉石崇空豪富[6],终当埋没声不扬。

黄金白璧不足贵，但愿男儿有笔如长杠[7]。

注释

〔1〕本诗选自《逊志斋集》卷二十四。

〔2〕玉山：比喻俊美的仪容。北周庾信《周柱国大将军长孙俭神道碑》："公状貌邱墟，风神磊落，玉山秀立，乔松直上。"

〔3〕"脱靴"二句：指李白作诗时曾使高力士脱靴，杨贵妃捧砚。《酒史》卷上曾记李白自言："曾用龙巾拭吐，御手调羹，力士脱靴，贵妃捧砚。"

〔4〕金阙（què）：指天子所居的宫阙。

〔5〕采石生辉光：据传李白曾在采石下水捉月而死，宋洪迈《容斋随笔》卷三："世俗多言李太白在当涂采石，因醉泛舟于江，见月影，俯而取之，遂溺死，故其地有捉月台。"

〔6〕石崇：西晋人，字季伦。初为修武令，累迁至侍中。永熙元年（290）出为荆州刺史，以劫掠客商而致财宝无数。曾与王恺斗富，以蜡代薪，作锦布障五十里，王恺虽得晋武帝支持，仍不能胜。后在八王之乱中被赵王伦所杀。后世遂成为富有与奢侈的典型。

〔7〕长杠（gāng）：长木杆子，在此比喻富有才气学问。

鉴赏

本诗属于歌行体，尽管是用来歌颂缅怀李白的，但与李白本人歌行相比，应该说有不小的差距。但其出自方孝孺之手，就非常值得关注。因为方孝孺就学于宋濂，一向以儒学纯正而著称，他崇理学，辟异端，在维护儒学的纯粹性方面毫不苟且。但在本诗中，他却对一向以狂放飘逸的诗仙李白表现了由衷的向往之情。就其在诗中所强调的李白个性而言，主要突出其两个方面：一是狂傲潇洒的风度，也就是面见天子时"玉山已颓扶不起"的放任自我，"脱靴力士只羞颜，捧砚杨妃劳玉指"的蔑视权贵，以及"酒家有酒频典衣，日日醉倒身忘归"的自由自适。二是过人的诗才与不朽的声名，所谓"诗成不管鬼神泣，笔下自有烟云飞"，是赞其挥洒自如；"我言李白古无双，至今采石生辉光"，是羡慕其英名的远扬不朽；最后则归结为对"但愿男儿有笔如长杠"的赞叹与仰慕。在这里，没有了儒生的拘谨，也没有了儒家对文学的功利强调，潇洒飘逸的神情与飞扬美丽的文采成为作者赞扬的对象，从而使人们看到了"正学先生"的另一面。而且这并不是作者的一时心血来潮，因为除本诗之外，他还作有《题李白观瀑布图》《题李白对月饮图》等诗作，同时还在不同场合表示过对庄子和苏轼的向往之情，这些都说明方孝孺的骨子里的确具有追求自由与文采的一面，延续了元末文人那种自由奔放的诗风，与永乐之后的台阁体有明显的区别。

杨士奇

杨士奇（1365—1444），名寓，字士奇，以字行，泰和（今属江西）人。少时家贫力学，以教授生徒为生，曾至武昌游历。建文初以荐入翰林，充编纂官。明成祖即位，授编修，不久被荐入内阁典机务。历官少师，华盖殿大学士。卒赠太师，谥文贞。他与杨荣、杨溥同掌国政，极受仁宗、宣宗信任，世称"三杨"。他不仅在政治上历仕五朝，而且在诗文创作上亦为当时文坛领袖，以他为代表的诗风被称为"台阁体"。钱谦益《列朝诗集小传》评其诗曰："大都词气安闲，首尾停稳，不尚藻饰，不矜丽句，太平宰相之风度，可以想见。以词章取之则未也。"其诗之特点为平易工稳，但缺乏激情与词采，部分写景之作则清新可喜。有《东里诗集》。

汉江夜泛 [1]

泛舟入玄夜，奄忽越江干 [2]。员景颓西林 [3]，列宿灿以繁 [4]。凝霜飞水裔 [5]，回飙荡微澜 [6]。孤鸿从北来，

哀鸣出云间。时迁物屡变，游子殊未还。短褐不掩胫[7]，岁暮多苦寒。悠悠念行迈[8]，慊慊怀所欢[9]。岂不固时命[10]，苦辛诚独难。感彼式微诗[11]，喟然兴长叹[12]。

注 释

〔1〕本诗选自四库全书本《东里诗集》卷一，是杨士奇作于早年的一首五言古诗，作者在洪武二十八年（1395）时曾客居于武昌，并作有散文《游东山记》，本诗亦当作于此时。

〔2〕奄（yǎn）忽：迅疾，倏忽。江干：江边，江岸。

〔3〕员景（yǐng）：同"圆景"，指月亮。三国魏曹植《赠徐幹》："园景光未满，众星灿以繁。"

〔4〕列宿：即众星。

〔5〕水裔：水边。汉刘桢《公燕》："灵鸟宿水裔，仁兽游飞梁。"

〔6〕回飙（biāo）：回荡的急风。荡：激起。

〔7〕短褐：粗布短衣，古时贫贱者所穿。胫（jìng）：小腿，由膝盖至脚跟之部分。

〔8〕行迈：行走不止，远行。《诗经·王风·黍离》："行迈靡靡，中心如醉。""行迈靡靡"即行了又行之意。

〔9〕慊（qiǎn）慊：心中不满貌。所欢：亲密之朋友，知己。

〔10〕固：安守，坚守。时命：命运。

〔11〕式微诗：指《诗经·邶风·式微》，其中有"式微式微，胡不归"之句，"式"为发语词，"微"是衰之意。《诗序》说此乃黎侯流亡于魏，随行臣子劝其回国之诗，后来以赋《式微》诗表示思归之意。

〔12〕喟（kuì）然：长长的叹息声。

鉴赏

作者在创作此诗时尚未入仕，而当时其家庭又颇为寒微，可知此时之境遇相当艰难，故该诗中所抒发的感情也就相当真实而动人。全诗可分为两个部分：前八句为写景，作者选取了夜间泛舟时所遇到的几种景色，坠于西林的残月，满天闪烁的星斗，水边凝结的冷霜，夜风荡起的微澜，以及哀鸣于云间的孤鸿，从而组成了一个清寒冷漠的境界。后十句为抒情，作者用"时迁物屡变，游子殊未还"作为过渡，将前边的写景与下边的抒情联结起来。随后便集中笔墨写自己的凄凉处境：在岁暮寒冷之时穿着粗布短衣，出门客居他乡并越走越远，由于孤独而常常思念自己的知己与亲人。最后四句是抒发感叹，自己是读圣贤书的儒者，知道君子固穷的道理，不应该屈从于自己的凄寒命运，可是目前的苦辛孤独实在是已经超出自己的忍受限度，于是喟然长叹，决定要回到自己的故乡去了。至此，就将一位游子凄凉困苦的境遇、孤独寂寞的心绪都充分表达出来。全诗一气呵成，情景交融，将游子怀乡的主题写得相当充分，具有较

强的艺术感染力。

发 淮 安[1]

岸蓼疏红水荇青[2]，茨菰花白小如萍[3]。双鬟短袖惭人见，背立船头自采菱。

注释

〔1〕本诗选自四库全书本《东里诗集》卷三，作于杨士奇晚年归乡探亲后的回京途中。

〔2〕蓼（liǎo）：一种水草，花淡红色或白色，生长在水边。荇（xìng）：亦为水草，绿叶常浮于水面。

〔3〕茨菰（cí gū）：一种水草，亦可作蔬菜食用，又作"慈姑"。萍:浮萍。

鉴赏

杨士奇作为朝廷重臣，此次还乡朝廷给以很高的待遇，作者也实现了多年的心愿，所以心情兴致甚好，有闲情逸致沿途一路欣赏山水景色。诗中所写是其从淮安出发时所见，格调清新，画面生动，是一首具有民歌风味的小诗。前两句写景，以疏淡笔调写岸边水中的水草野花，红、白、青三种颜色构成一种清丽的色调。后两句写人，虽未写人面，但"双鬟短袖"的装束，背身采菱的动作，已生动传神地活画出一位水乡少女，读来清新自然，饶有兴味。

于 谦

于谦(1398—1457),字廷益,号节庵,钱塘(今浙江杭州)人。永乐十九年(1421)进士,官至兵部尚书,在"土木堡之变"时抗击蒙古也先部入侵,有再造社稷之功。英宗复辟后遭诬被杀。四库馆臣评价他说:"谦遭时艰屯,忧国忘家,计安宗社,其忠心义烈固已昭著史册。而所上奏疏,明白洞达,切中事机,尤足觇其经世之略。至其平日不以韵语见长,而所作诗篇,类多风格遒上,兴象深远,转出一时文士之右,亦足见其才之无施不可矣。"有《忠肃集》。

咏 煤 炭 [1]

凿开混沌得乌金[2],藏蓄阳和意最深[3]。爇火燃回春浩浩[4],洪炉照破夜沉沉。鼎彝元赖生成力[5],铁石犹存死后心[6]。但愿苍生俱饱暖,不辞辛苦出山林。

注释

〔1〕本诗选自四库全书本《忠肃集》卷十一,乃托物言志之作。

〔2〕混沌:本指天地未分时之状态,此处指大地。乌金:即煤炭。

〔3〕阳和:温暖与光明。

〔4〕爝(jué)火:火把,小火。《庄子·逍遥游》:"日月出矣,而爝火不息;其于光也,不亦难乎?"此处指煤炭燃烧之火。

〔5〕鼎彝:鼎为古时之三足烹煮器具,彝为古时盛酒器具。在此二者泛指烹饪工具。

〔6〕"铁石"句:古人认为煤炭为铁石所变,故言"犹存死后心"。

鉴赏

于谦乃是明代历史上的著名志节之士,具有强烈的儒家入世情怀与责任心,本诗借煤炭以寄寓自己的此种情感。首联以"藏蓄阳和"为煤炭之深意,实则写自我关心国家百姓之志向。次联以一热一光来突出煤炭之作用,从中寄托了作者渴望承担天下重任的理想。三联写世人对煤炭的依赖与煤炭对世人的拳拳深情,突出的是作者本人执着的责任感。尾联则直言自己强烈的入世之情。诗的好处是将咏物与言志紧密结合起来,句句是咏煤炭,紧紧抓住煤炭热与光的特性,而又句句是寄托自我为百姓天下而勇于承担责任的远大志向。此外,本诗既流畅自然,又对仗工整,从而产生一种铿锵深沉的力量美。

陈献章

陈献章（1428—1500），字公甫，号石斋，广东新会白沙里人，故人称白沙先生。其早年曾锐意科举，中正统十二年（1447）举人，后两次参加礼部考试皆下第。其间从名儒吴与弼讲学。五十六岁时因荐征召入朝并命其就试礼部，屡以病辞不赴试，上疏请求回家养母，被授翰林检讨而归。此后屡荐不起，居家讲学而终其一生。陈献章一生主要以讲学悟道为主，但又酷爱写诗。其诗往往信口信手，不加雕饰，佳者可见其洒脱胸襟与超然境界，并在咏物中包含理趣，而劣者又时时流于押韵之讲义而枯燥乏味。王世贞《书陈白沙集后》说："陈公甫先生诗不入法，文不入体，又皆不入题，而其妙处有超乎法与体与题之外者。予少年学为古文辞，殊不能相契，晚节始自会心，偶然读之，或倦而跃然以醒，不饮而陶然以甘，不自知其所以然也。"故而《四库全书总目提要》说："其诗文偶然有合，或高妙不可思议；偶然率意，或粗野不可向迩。"评价皆颇为允当。有《陈白沙集》。

陈献章

归园田三首（其一）[1]

我始惭名羁，长揖归故山。故山樵采深，焉知世上年？是名鸟抢榆[2]，非曰龙潜渊[3]。东篱采霜菊，南渚收菰田[4]。游目高原外，披怀深树间[5]。禽鸟鸣我后，鹿豕游我前[6]。泠泠玉台风[7]，漠漠圣池烟[8]。闲持一觞酒，欢饮忘华颠[9]。逍遥复逍遥，白云如我闲。乘化以归尽[10]，斯道古来然。

注释

〔1〕本诗选自孙海通点校《陈献章集》卷四。

〔2〕鸟抢榆：小鸟集于榆树上。语出《庄子·逍遥游》：斑鸠看到大鹏要飞往南海，就嘲笑它说："我决起而飞，抢榆枋，时则不至而控于地而已矣，奚以之九万里而南为？"即"我腾起而飞，集于榆树之上而止。如果飞不到，也就落在地上，为什么要南飞九万里呢？"此句意思说，我犹如飞到树上的小鸟一样只求自我快乐。

〔3〕龙潜渊：比喻贤才失时不遇而归隐。

〔4〕菰（gū）田：种菰米之田地。

〔5〕披怀：畅怀。

〔6〕豕（shǐ）：猪。

〔7〕泠（líng）泠：清凉。

〔8〕漠漠：迷蒙的样子。

〔9〕华颠：白头。

〔10〕乘化：顺随自然。化，造化。晋陶潜《归去来兮辞》："聊乘化以归尽，乐夫天命复奚疑。"归尽：即死。

鉴赏

　　本诗从形态上有明显模仿陶潜诗作的痕迹，但与其他模仿者不同，陈献章这首诗不仅酷似陶诗平淡自然的风格，而且深得陶潜的人生境界，并且与自己的现实人生感受密切地结合起来。他在诗中告诉读者，他之归隐乃是对人生透悟后的必然选择。他感受到了生命的短暂与尘世的虚幻，不愿再受世俗礼法牢笼的折磨。在贫贱而适意与富贵而受羁之间，他宁可选择前者。他告诉人们，他自甘作一只虽则微小却能自由自在飞翔于树间的鸟，而并不是暂隐乡野、待时而动的潜龙。于是他表示要义无反顾地投入大自然的怀抱，学陶渊明种田采菊，游目高原，披怀深树，与禽鸟作伴，与鹿豕相游，做一个如白云般逍遥自如的人。应该说，他的确把握到了陶渊明的精髓。关于陶潜，也很难用一句话来概括其思想，他的复杂程度绝不低于白沙先生。单是他的人生态度到底属于儒释道哪一家，便是个永远说不尽的话题。但白沙此处的"乘化以归尽,斯道古来然"一句,方真正是陶诗的灵魂。无论说陶潜是儒家也罢,佛家也罢,道家也罢,玄学也罢,但谁都不能不承认,以委运任化的人生态度,去追求物我一体、心与道冥的人生境界乃是其主导倾向。陈白沙在这一点上深得陶诗之真髓,所以能够写出如此平淡自然又如此耐人品味的诗作。

江　上 [1]

迟迟春日满花枝,江上群儿弄影时 [2]。渔翁睡足船头坐,笑卷圆荷当酒卮 [3]。

注释

〔1〕本诗选自《陈献章集》卷六。

〔2〕弄影:本意谓物动而使影子也随着摇晃或移动,此处指儿童在做此类的游戏。

〔3〕卮(zhī):古代一种盛酒的器皿。

鉴赏

本诗是作者回归自然,轻松有趣心情的典型体现。他写在花香日暖的春景中，一群儿童在江上尽情地玩耍嬉戏，以致引动了老者的童趣，也"笑卷圆荷当酒卮"了。这天真的情调，简直是天人的境界。陈献章作品的诗意既不决定于他的语言文采，也不决定于其音韵节奏，而是决定于他的人生感悟，人生境界。也就是说，白沙先生本人就是一首诗，因此从他笔下流出的文字自然也就诗意盎然了。

李东阳

李东阳(1447—1516),字宾之,祖籍茶陵(今属湖南),其曾祖因戍兵籍而移居京师之西涯,故又自号西涯。天顺八年(1464)进士,选翰林庶吉士,授编修。弘治八年(1495)以礼部右侍郎升文渊阁大学士,累官少师兼太子太师、吏部尚书、华盖殿大学士等职。正德间为首辅,虽在宦官刘瑾专权乱政时对所迫害之正直官员多有庇护,但也被当时许多士人视为疲软因循。卒后谥文正。李东阳为茶陵诗派之首领,以大学士身份主导文坛四十年,是从"台阁体"到"前七子"之间的过渡人物。其诗因生活内容狭窄而尚未摆脱"台阁体"肤泛诗风,但不少作品已有真实感受,在艺术上重视音节风调,因而显得声律谐畅,典雅明丽。其诗文集有今人整理之《李东阳集》及《李东阳续集》。

新 丰 行 [1]

长安风土殊不恶 [2],太公但念东归乐 [3]。汉皇真有缩地功,能使新丰为故丰[4]。人民不异山川同,公不思归乐关中。汉家四海一太公,俎上之对何匆匆[5],当时幸不烹若翁[6]。

注释

[1] 本诗选自四库全书本《怀麓堂集》卷一。

[2] 长安:汉代都城,今陕西西安。

[3] 太公:古代对父亲之称呼或尊称他人之父。此处指刘邦之父。

[4] 新丰:古县名,治所在陕西临潼东北。汉高祖定都关中,因其父思归故里,乃于秦骊邑仿丰地街巷筑城,并迁丰民居此,以娱其父。故丰:与新丰对言,实为当时之沛县丰邑。

[5] 俎(zǔ):切肉砧板。俎上之对指项羽与刘邦在广武之对话。《史记·项羽本纪》:"项王患之,为高俎,置太公其上,告汉王曰:'今急不下,吾烹太公!'汉王曰:'吾与项羽俱北面受命怀王,曰约为兄弟,吾翁即若翁。必欲烹而翁,则幸分我一杯羹。'项王怒,欲杀之。项伯曰:'天下事未可知,且为天下者不顾家,虽杀之无益,只益祸耳。'项王从之。"此句说当时刘邦如此与项羽赌斗实在是太草率了。

[6] 若翁:你的父亲。若,你的。

李东阳

鉴赏

元代作家睢景臣曾写过《高祖还乡》的套曲，将汉高祖刘邦称帝后的不可一世与其早年的无赖行为进行对比，遂产生出滑稽尖刻的讽刺效果，体现了散曲嬉笑怒骂皆成文章的文体优势。本诗则是一首乐府诗，而且是新题新作，自制新题显然是有为而发。这使得本诗不像睢景臣作品那样的嬉笑怒骂格调，而是独具匠心。作者虽然采用了乐府诗通俗明白的语言形式，但却将讽刺的效果寄寓于含蓄之中。作者所用的方法便是前后强烈的对比。在诗的前半部分作者抓住太公欲东归回乡此一事件，突出刘邦精心为其父营建新丰，从而使"公不思归乐关中"，其孝心可谓跃然纸上。后半部分突然转到当年与项羽对阵时置太公于不顾的往事，说那时的做法真是太草率了，幸亏项羽这位粗汉没有将太公烹了，如果那样，现在这孝心将如何实现？作者并没有说刘邦对太公之孝是假，而只是将两个事件加以拼接对照，遂产生了可供读者咀嚼玩味的丰富内涵，可见李东阳是深得乐府诗神髓的。

寄彭民望[1]

斫地哀歌兴未阑[2]，归来长铗尚须弹[3]。秋风布褐

衣犹短，夜雨江湖梦亦寒。木叶下时惊岁晚，人情阅尽见交难。长安旅食淹留地[4]，惭愧先生苜蓿盘[5]。

注释

〔1〕本诗选自四库全书本《怀麓堂集》卷十二，是作者致朋友彭泽的。彭泽，字民望，攸县（今属湖南）人。景泰间举人，曾官应天通判。能诗，有《老葵集》。

〔2〕"斫地"句：语出杜甫《短歌行赠王郎司直》："王郎酒酣拔剑斫地歌莫哀。"斫，砍；"斫地"表示愤恨貌。阑，止，尽。

〔3〕长铗：铗为剑柄，长铗即长剑。"弹铗"表示怀才不遇。战国时孟尝君的门客冯谖曾因嫌待遇不佳倚柱弹剑而歌："长铗归来乎，食无鱼。……"见《战国策·齐策》。

〔4〕长安：国都之代称，此处指北京。

〔5〕苜蓿盘：盘中惟有苜蓿，喻生活清苦。唐薛令之生活清贫，遂作诗自嘲曰："朝旭上团团，照见先生盘。盘中何所有？苜蓿长阑干。"见五代王定保《唐摭言·闽中进士》。

鉴赏

本诗对朋友彭泽的不幸遭遇寄予了深切的同情，对其怀才不遇的命运深致不满。诗由彼及己，情真意切，对仗工整而又不失流畅，富有气势而又描写精致。《怀麓堂诗话》载该诗本事曰："彭民望始见予诗，虽时有赏叹，似未犁然当其意。及失志归湘，得予所寄诗云云，乃潸然泪下，为之悲歌数十遍不休，谓其子曰：'西涯所造一至此乎？恨不得尊酒重论文耳！'盖自是不越岁而卒，伤哉！"说明了此诗动人魂魄的艺术感染力。

沈 周

沈周（1427—1509），字启南，号石田、白石翁等，长洲（今江苏苏州）人。明代中期著名书画家，与唐寅、文徵明、仇英齐名，为"吴门四大家"之一。四库馆臣称赞其诗曰："挥洒淋漓，自写天趣，盖不以字句取工，徒以栖心丘壑，名利两忘，风月往还，烟云供养，其胸次本无尘累，故所作亦不雕不琢，自然拔俗，寄兴于町畦之外，可以意会，而不可加之以绳削。"有《石田稿》。

溪 上[1]

春日熙熙百鸟鸣，东溪试步觉芒轻[2]。闲来闲往曾无为，时笑时歌自有情。止水触风微起縠[3]，过云生雨略挼晴。邻翁偶揖还相讯，道是先生底独行[4]。

注 释

〔1〕本诗选自四库全书本《石田诗选》卷二。

〔2〕芒：本意为芒草，因芒草可织为草履，故此处代指草鞋。

〔3〕縠（hú）：绉纱。在此指像绉纱那样的细微波纹。

〔4〕底：何，为什么。

鉴赏

本诗抒发了沈周悠然自得的闲适之情。作者一开始便将全诗置于一个春光明媚、百鸟和鸣的美景之中，而"东溪试步觉芒轻"中的一个"轻"字，也为诗作定下了欢快的调子。中间两联一写人之自由自在，一写景之自然优美，情景相融，意境清新。而最后相遇老翁的相询，是以动衬静、以热写冷的笔法，老翁的不解，越发烘托出了作者的悠然自得。

屈　老[1]

长帽西风满面尘，相逢怜老不怜贫。三杯浊酒浮生事，一曲悲歌万感人。蝼蚁未知何处骨[2]，蜉蝣聊寄不訾身[3]。白头对客无聊赖[4]，还说莺花少日春。

注释

〔1〕本诗选自四库全书本《石田诗选》卷四。

〔2〕蝼蚁：蝼蛄与蚂蚁，泛指微小生物。在此指地位低微之人。

〔3〕蜉蝣（fú yóu）：虫名，幼虫生活在水中，成虫褐绿色，有四翅，生存期极短。在此喻生命短暂。不訾（zī）：本意为不可比量，在此形容十分贵重。不訾身即生命至为可贵。全句意为地位低微而生命可贵。

〔4〕无聊赖：郁闷，精神空虚。宋朱淑真《寓怀》诗之一："孤窗镇日无聊赖，编辑诗词改抹看。"

鉴赏

诗题为"屈老"，其意为压抑、苦闷的老年，大概本诗作于作者晚年。老年的状况总是不能如意的，何况还是一位地位低微的小人物的老年呢？于是作者在诗中从不同侧面描绘了老年的凄凉与无聊："长帽西风满面尘"是写其形，"相逢怜老不怜贫"是定下全诗的主调。"三杯浊酒浮生事"是老年用来打发日子手段的集中概括，可"一曲悲歌万感人"却写出了对此种生活的不满。那么他又悲什么呢？他悲自己死后将何处埋骨，他悲生命犹如蜉蝣般的转瞬即逝。在此形成了一种矛盾，论地位他如"蝼蚁"般低贱，论周期他如"蜉蝣"般短暂，同时还得加上老年的空虚无聊，但生命毕竟是可贵的，对于每个人来说只有一次，所以又是值得珍惜与留恋的。老年的悲起因于此,老年的愁亦起因于此。"白头对客无聊赖,还说莺花少日春",正是此种心情的真切体现,尽管无聊,还是要感叹美丽的春天一天天在减少。生命苦短,珍惜自我,这是六朝与晚明士人经常谈论的主题,沈周尚处于明中期,却已牢牢抓住此一主题,不是很值得关注吗?

李梦阳

　　李梦阳（1473—1530），字天赐，又字献吉，号空同子，庆阳（今属甘肃）人，后徙家汴梁。弘治六年（1493）进士，授户部主事，升郎中。弘治末因弹劾外戚不法而被系锦衣卫狱，正德间又因代韩文起草弹劾宦官刘瑾之奏疏而再次下狱。刘瑾伏诛后，任江西提学副使，又因与上司不合而罢官。宁王朱宸濠叛乱时，因替宁王作《阳春书院记》而被牵连下狱，后被人营救而卒于家中。有《空同集》传世。李梦阳为复古派"前七子"领袖人物，倡言"文必秦汉，诗必盛唐"，故其诗作多有模仿前人之处，但也有许多情感真挚、气魄豪迈之作。清人沈德潜《明诗别裁集》评其诗曰："空同五言古宗法陈思、康乐，然过于雕刻，未极自然；七言古雄浑悲壮，纵横变化；七言近体开合动荡，不拘故方，准之杜陵，几于具体。故当雄视一代，邈焉寡俦。"

猛 虎 行 [1]

　　猛虎本居深山，我可不入，彼来亦难。谁令尔今来市中游，尽日攫人食，撑肠拄腹无歇休[2]。我欲击之，刃不在手。欲往告泰山之君[3]，陆无车，水无舟。猛虎闻言向我怒，我命在天匪虎惧。嗟嗟虎尚有时，鸱鸮遗音宁尔知[4]。

注 释

〔1〕本诗选自四库全书本《空同集》卷六。

〔2〕撑肠拄腹：又作撑肠拄肚，意谓腹中饱满。在此指害人颇多，盘剥颇重。

〔3〕泰山之君：本指泰山神，在此指猛虎之主人，其实即皇帝。

〔4〕鸱鸮（chī xiāo）：即猫头鹰，常用以比喻贪恶小人。

鉴 赏

"猛虎行"本为乐府旧题，见郭茂倩《乐府诗集》卷三十一，古辞为："饥不从猛虎食，暮不从野雀栖。野雀安无巢，游子为谁骄。"后来文人写此旧题，多抒发抑郁不平的感慨，并兼写猛虎之凶猛，如谢灵运之"猛虎潜深山，长啸自生风"；韩愈之"猛虎虽云恶，亦各有匹俦。群行深谷间，百兽望风低"。宋元以后诗人常将此意象与孔子的"苛政猛于虎"的比喻结合起来，用以揭露现实社会的黑暗，如高启之"猛虎虽猛犹可喜，横行只在深山里"。李梦阳也就政治之险恶而立意，并吸取乐府诗的手法，完全用比兴来表达政治见解与自我情感。

本诗中的猛虎显然是指当时的大宦官刘瑾，他当时横行霸道，残害正直官员，搜刮百姓财物，许多人畏之如虎。泰山之君则指武宗皇帝，他一意孤行，荒唐游乐，最大特点是不听大臣劝谏。但为了显示诗人忠厚之旨，作者只说"陆无车，水无舟"即没有进谏的途径。用虎与主人的关系来比喻刘瑾与武宗的关系非常准确，突出了刘瑾的为虎作伥与武宗的昏庸糊涂。前人对李梦阳的批评主要在其步趋古人的模拟，而所指文体又集中于乐府诗。但本诗无论是立意还是形象创造都具有创新性。如说猛虎"撑肠拄腹无歇休"以突出其贪婪残忍，而"猛虎闻言向我怒，我命在天匪虎惧"则突出了作者的孤高无畏的气节与个性。结尾部分又丰富了原来的意蕴，猛虎刘瑾为害毕竟有限，更有一大批"鸱鸮"般小人的无耻与自私却是无法根除的。因此，寓意深刻而比兴婉转乃是本诗的最大特色，这既保持了乐府诗古朴的风貌，同时又体现了作者新的创造。

秋　望[1]

黄河水绕汉宫墙[2]，河上秋风雁几行。客子过壕追野马[3]，将军韬箭射天狼[4]。黄尘古渡迷飞挽[5]，白月横空冷战场。闻道朔方多勇略[6]，只今谁是郭汾阳[7]？

注 释

〔1〕 本诗选自四库全书本《空同集》卷三十二。

〔2〕 汉宫墙：实指明朝当时在大同府西北所修之长城，当时是明王朝与鞑靼部族的界限。由于李梦阳追求复古、喜在诗文中用古地名，故言"汉宫墙"。钱谦益《列朝诗集》则作"汉边墙"。

〔3〕 "客子"句："客子"指离家戍边的士兵；"过壕"指越过护城河；"野马"本意是游气或游尘，语出《庄子·逍遥游》，在此指北风卷起的尘埃。

〔4〕 "将军"句：韬（tāo），装箭的袋子；韬箭，将箭装入袋中，乃整装待发之意。天狼，指天狼星，古人以为此星出现预示有外敌入侵，"射天狼"即抗击入侵之敌。

〔5〕 飞挽（wǎn）：快速运送粮草的船只。

〔6〕 朔方：唐代方镇名，治所在灵州（今宁夏灵武西南），此处泛指西北一带。

〔7〕 郭汾阳：即郭子仪，唐代名将，曾任朔方节度使，以功封汾阳郡王。

鉴 赏

  本诗典型地代表着李梦阳诗歌的体貌，因为他论诗力主盛唐，追求一种雄浑阔大的境界，而王世贞曾称该诗为"雄浑流丽"，可见是合乎其所追求的理想风格的。全诗围绕"秋望"二字落笔，首二句先构画出一幅宏大景象：黄河奔流不息地围绕在长城之墙边，大雁飞翔

于秋日之高空,起笔不仅点出季节特征,更描绘出了空阔苍凉的境界,显得极有气势。三、四句写戍边将士之形象,士兵越濠过沟迅疾如追野马,将领腰弓携箭严阵以待,他们时刻准备痛击入侵之敌,写来颇有劲健之力量。五、六句则是两幅对比的画面:长城之内,一片繁忙,飞扬的尘土几乎笼罩了繁多的运粮船只;而长城之外,则是白月横空、清冷空阔的古战场。两幅画面拼接在一起,则预示了战争的漫长与残酷。最后两句则意味深长地指出,听说西北一带多有勇武才智之士,但是有谁能够像唐代的郭子仪那样,立下平定叛乱、大破吐蕃的赫赫战功?诗作从绘写西北景象落笔,然后再叙写戍边将士的行为,又进一步论及战争的残酷,最后以感叹收尾,可谓一气呵成,的确显得雄健而又流丽。当然,该诗有明显的拟古痕迹,其结尾的方式,令人有似曾相识之感,具体地讲,其实也就是王昌龄"但使龙城飞将在,不教胡马度阴山"之意。但在对郭子仪的怀念中,同时也体现了作者渴慕汉唐盛世的复古心态,更表露出他对明代边患的忧虑和重振朝威的决心。应该说这是将复古与抒情结合较好的作品。

石将军战场歌 [1]

清风店南逢父老 [2],告我己巳年间事 [3]。店北犹存古战场,遗镞尚带勤王字[4]。忆昔蒙尘实惨怛[5],反覆势如风雨至[6]。紫荆关头昼吹角[7],杀气军声满幽朔[8]。胡儿饮马彰义门[9],烽火夜照燕山云[10]。内有于尚书[11],外有石将军。石家官军若雷电,天清野旷来酣战。朝廷既失紫荆关,吾民岂保清风店?牵爷负子无处逃,哭声震天风怒号。儿女床头伏鼓角,野人屋上看旌旄[12]。将军此时挺戈出,杀胡不异草与蒿[13]。追北归来血洗刀,白日不动苍天高。万里烟尘一剑扫,父子英雄古来少[14]。天生李晟为社稷[15],周之方叔今元老[16]。单于痛哭倒马关[17],羯奴半死飞狐道[18]。处处欢声噪鼓旗,家家牛酒犒王师。休夸汉室嫖姚将[19],岂说唐朝郭子仪[20]。沉吟此事六十春[21],此地经过泪满巾。黄云落日枯骨白,沙砾惨淡愁行人。行人来折战场柳,下马坐望居庸口[22]。却忆千官迎驾初[23],千乘万骑下皇都。乾坤得见中兴主,日月重开再造图。枭雄不数云台士[24],杨石齐名天下无[25]。呜呼杨石今已无,安得再生此辈西备胡。

注释

〔1〕本诗选自四库全书本《空同集》卷二十二。石将军:即石亨,陕西渭南人,将门出身。正统十四(1449)年,因保卫京师击退瓦剌军,

功至武清侯。后因骄横跋扈，天顺四年（1460）以谋反罪被捕，并死于狱中。见《明史·石亨传》。

〔2〕清风店：石亨击败也先军伯颜帖木儿之处，在今河北定县北三十里。

〔3〕己巳年：即英宗正统十四年（1449）。

〔4〕遗镞（zú）：遗留之箭头。勤王：本意为勤于王事，后多指君主统治受到威胁而动摇时，臣子起兵救援王朝。此处指保卫京师。

〔5〕蒙尘：本指帝王逃亡在外而蒙受风尘，此处指英宗被瓦剌所俘。惨怛（dá）：伤痛。

〔6〕反覆：动荡，动乱。此处指瓦剌入侵、英宗被俘所造成的动荡局势。

〔7〕紫荆关：在今河北易县西北八十里之紫荆岭上。

〔8〕幽朔：幽州与朔州，在此泛指北京、河北、山西一带。

〔9〕胡儿：底本作"健儿"，一作"胡儿"，较胜。彰义门：北京九门之一，在城西。瓦剌部当时曾攻此门，被明军击退。

〔10〕燕山：河北北部之山脉，自西向东绵延数百里。

〔11〕于尚书：指于谦，时任兵部尚书，指挥抗击瓦剌军。

〔12〕旌旄（máo）：指军队的旗帜。

〔13〕杀胡：底本作"杀敌"，一作"杀胡"，较胜。

〔14〕父子英雄：父指石亨，子指其侄石彪。石彪身材魁梧似石亨，骁勇善战，追击也先军时斩获颇多。见《明史·石亨传》。

〔15〕李晟：唐代将领，有才略，善骑射，在陇、蜀一带屡破吐蕃、党项兵，

立战功，号万人敌。在抗击李怀光叛乱中浴血奋战，收复长安，唐德宗曾在东渭桥立碑以志其功。见《旧唐书·李晟传》。

[16] 方叔：西周时人，周宣王时曾率军征伐楚国、猃狁，《诗经·小雅·采芑》曾咏其成功事迹。

[17] 倒马关：石亨追破伯颜帖木儿处，在今河北唐县西北。

[18] 羯奴：底本作"败军"，一作"羯奴"，较胜。羯乃中国古代西北的少数民族之一，奴为蔑称，羯奴在此代指瓦剌军。飞狐道：即飞狐关，又名飞狐口，狭窄陡峭，在今河北涞源与蔚县之间。

[19] 汉室骠姚将：指汉代大将霍去病。他在汉武帝时任嫖骑校尉，先后六次击破匈奴，官拜嫖骑将军。见《汉书·霍去病传》。

[20] 郭子仪：唐代著名将领，平定安史之乱的功臣，封汾阳郡王。见《旧唐书·郭子仪传》。

[21] "沉吟"句：自正统十四年至作者写作此诗的正德四年（1509），恰为六十年，亦即一个甲子。

[22] 居庸口：即居庸关，在今北京市昌平区西北。

[23] 千官迎驾：指迎还英宗事。瓦剌挟英宗攻北京失败，只好同意放回英宗，明朝则遣官迎之。

[24] 云台：东汉明帝为追念前朝功臣，将邓禹等二十八位中兴将领画像刻于云台之上。

[25] 杨石：杨指杨洪，石指石亨。杨洪当时以总兵身份镇守宣府，也先

军逼京师，率兵二万入卫，抵京时敌已退，遂率兵追击余寇，至霸州而破之。洪以此功封侯晋爵。钱谦益曾评该句说："初云内于外石，至此忽举杨、石，何其突兀，不相照应。"此确为作者疏漏之处。

鉴赏

本诗是李梦阳七言歌行的名篇。全诗记述了明英宗正统十四年明朝将领石亨抗击瓦剌入侵之事。瓦剌是明朝时西北部蒙古各族的总称，当时兵力颇为强盛，多次入侵明朝边关。英宗正统十四年，瓦剌分兵骚扰辽东、宣府等地，英宗率兵亲行征讨，于八月十五日在土木堡被瓦剌部俘获。十月，瓦剌首领也先挟英宗攻陷紫荆关，直逼明朝京师。石亨等将领在京城九门外与也先军相持五日而围解，亨又率兵追击，于清风店北大败也先之弟伯颜帖木儿。此战后，石亨因功被晋爵封侯，并总率京师团营。诗中歌颂了石亨抗敌保国的战功，描写传神，富于气势，体现了七言歌行跌宕起伏、善于铺陈叙写的体貌特征，显示了作者抒情叙事的深厚功力。尽管钱谦益在《列朝诗集》中指责本诗在叙述次序上有不相照应之病，但在李梦阳的诗歌创作中仍然不失为一首好诗。因为全诗以"清风店南逢父老，告我己巳年间事"起首，决定了诗歌的父老传闻的叙述角度，这既凸显了叙述的真实感，也含蓄交代了叙述缺乏照应的原因，对此可能钱谦益是过于苛求了。

李梦阳

吹台春日古怀 [1]

废苑迢迢入草莱 [2]，百年怀古一登台。天留李杜诗篇在 [3]，地历金元战阵来 [4]。流水浸城隋柳尽 [5]，行宫为寺汴花开 [6]。白头吟望黄鹂暮，瓠子歌残无限哀 [7]。

注 释

〔1〕本诗选自四库全书本《空同集》卷三十二，为作者在汴梁时所作。吹台：在今河南开封城内，相传春秋时为师旷吹乐之台。

〔2〕迢迢：遥远貌。草莱：杂草。

〔3〕"天留"句：李白与杜甫曾游吹台并留下了不朽的诗篇。《新唐书·杜审言传》附曰："(杜甫)尝从白及高适过汴州，酒酣登吹台，慷慨怀古，人莫测也。"

〔4〕"地历"句：指汴梁曾为宋金元争战之地。宋钦宗靖康二年（1127），金兵破汴梁，俘徽宗、钦宗二帝，北宋亡。金哀宗正大八年（1231），元兵大举攻金，未几汴梁又被元兵攻破，金朝遂亡。

〔5〕隋柳：又称隋堤柳，指隋炀帝时沿所开之河所植柳树。

〔6〕行宫：帝王出行时所居宫殿，此处指隋炀帝时所建宫殿。

〔7〕瓠子歌：乐府歌辞名，汉武帝所作。汉元封二年（前109），武帝令汲仁、郭昌发卒数万人，堵黄河瓠子决口，并亲临工地。初堵口不成，武帝作《瓠子歌》二章悼之，卒塞瓠子。见《史记·河渠书》。明代黄河经常决口，故诗及之。

鉴赏

本诗之主旨在于抒发古今兴衰之感。首联写诗人在废苑荒草之凄凉景象中独自登台，已有雄浑苍茫的基调。次联写古，以李杜诗篇与金元战争凸显吹台历史之赫然。三联写今，以流水浸城与行宫为寺描绘吹台今时之荒凉。尾联上句化用杜甫《秋兴》"白头吟望苦低垂"诗句，下句化用汉武帝《瓠子歌》之典故，从而寄寓了无穷的感慨。诗的好处在于以吹台为中心，串联起古今历史的兴衰，含蕴深厚，情感深沉，体现了李梦阳雄浑悲壮的诗歌风格。

何景明

何景明（1483—1521），字仲默，号白坡，又号大复山人，信阳（今属河南）人。弘治十五年（1502）进士，授中书舍人。正德中因得罪宦官刘瑾而被免职，刘瑾伏诛后复原官，后官至吏部员外郎、陕西提学副使等职。三十九岁病逝。何景明亦为"前七子"首领，与李梦阳齐名，其在创作上虽不反对模仿古人，但更强调舍筏登岸，不露形迹。在诗歌风格上更欣赏初唐，以清新流丽为主，故黄清甫曰："大复诗因意著词，就词成篇，故情性冲逸，兴象闲雅。曩与李公共骤词坛，并崇雅道。李则气势为胜，公则风度为优。"其诗文集较完善者有今人李淑毅等所整理的《何大复集》。

秋 江 词 [1]

烟渺渺[2]，碧波远，白露晞[3]，翠莎晚[4]。泛绿漪[5]，蒹葭浅[6]，浦风吹帽寒发短[7]。美人立，江中流，暮雨帆樯江上舟，夕阳帘栊江上楼[8]。舟中采莲红藕香，楼前

踏翠芳草愁。芳草愁,西风起,芙蓉花[9],落秋水,鱼初肥,酒正美。江白如练月如洗[10],醉下烟波千万里。

注释

〔1〕本诗选自李淑毅等点校《何大复集》卷六。

〔2〕烟渺渺:烟波浩渺。形容水面宽阔,无边无际。

〔3〕晞(xī):干。此乃点出时间为早上。

〔4〕翠莎(suō)晚:翠绿的莎草已经成熟。莎草是一种草本植物,俗称香附子,可入药。

〔5〕漪(yī):涟漪,细微的波纹。

〔6〕蒹葭(jiān jiā):蒹,荻草;葭,芦苇。《诗经·秦风·蒹葭》:"蒹葭苍苍,白露为霜。所谓伊人,在水一方。"

〔7〕"浦风"句:"浦风"指水边的风。吹帽,用晋朝孟嘉典故。《晋书·孟嘉传》载,桓温集群僚宴会,孟嘉被风吹帽落地,却浑然不觉。后以"吹帽"为重九登高雅集的典故。何景明《九日》诗:"吹帽他时兴,登台此日情。"在本诗中是暗用此典,并有潇洒随意之意。

〔8〕帘栊(lóng):悬挂竹帘的窗户。

〔9〕芙蓉花:即荷花。

〔10〕"江白"句:此句化用南齐谢朓《晚登三山还望京邑》"澄江静如练"

之语。练，白绢。

鉴赏

本诗是何景明的代表作，内容主要是写江上之所见。作者以秋为背景，以江为中心，通过时间的推移来表现景色的变幻，并由此而引起情感的波动。在语言上三言、七言句相间使用，从而产生强烈的节奏感。全诗显示了一种既清新流丽又含蓄朦胧的美，故而清人沈德潜以"美人娟娟隔秋水"形容之。"江白如练月如洗，醉下烟波千万里"，实在是如梦如酒的诗意之美！

吴伟江山图歌 [1]

吴伟老死不可见，人间画史空嗟羡。吾观此卷江山图，飘然意象临虚无。想彼濡毫拂绢素[2]，酒酣落笔神骨露。万里青天动海岳，空堂白日流云雾。洲倾岸侧波岭衔，岛屿倒影翻源潭。江边万舸一时发[3]，中流飒飒开风帆[4]。崩涛涌浪势难久，渔子舟人各回首[5]。去雁遥知七泽中[6]，落花误认桃源口[7]。烟峰苍茫貌二叟[8]，面发衣冠颇粗丑。石林沙草恣点染，舒卷沧洲在吾手[9]。忆昨弘治间，伟

艺实绝伦。供奉曾逢万乘主〔10〕，招邀数过诸侯门。京师豪贵竞迎致，失意往往遭呵嗔〔11〕。由来能事负性气〔12〕，辘轲贫贱终其身〔13〕。呜呼吴生岂复作，身后丹青转零落。残山剩水片纸贵，百金购之不一得。此卷流传天地间，我即见汝真颜色。

注 释

〔1〕本诗选自《何大复集》卷十四，是作者为画家吴伟《江山图》所作的一首题画诗。吴伟（1459—1508）：明江夏（今湖北武昌）人，字士英，号小仙。少孤贫，后学画成名，成化、弘治间，曾两度应诏入京，被明孝宗赐"画状元"印。其画善白描，兼工山水，人物仿吴道子，是江夏画派的代表人物。

〔2〕濡毫：以笔蘸墨。拂绢素：在白色丝绢上挥笔作画。拂，绘画笔法之一，南朝齐谢赫《古画品录·陆绥》："一点一拂，动笔皆奇。"

〔3〕舸（gě）：大船。

〔4〕飒飒：形容水声。

〔5〕渔子：捕鱼的人。舟人：船夫。

〔6〕七泽：相传古时楚有七处沼泽，后以七泽泛称楚地诸湖泊。

〔7〕桃源：桃花源之省称。晋陶潜作《桃花源记》，称有渔人从桃花源入一山洞，土地平旷，景色优美，鸡犬相闻，民风淳朴，问后知是秦

时避乱者的后裔。后世遂用以指避世隐居之地，亦指理想的地方。

〔8〕貌二叟：像二位老人的容貌。此处指图画中山之形状。

〔9〕沧洲：滨水之处，古时常指隐士居住的地方。此处泛指山水州渚。

〔10〕万乘主：指皇帝。吴伟在弘治朝曾任翰林供奉，故言其"曾逢万乘主"。

〔11〕失意：不中意。呵嗔（chēn）：斥责。此处言京师豪贵们稍不如吴伟之意，便会遭其呵斥。

〔12〕能事：有本事，有才能。负性气：任性使气。此句言凡是有杰出才能的人都会拥有高傲的情怀与突出的个性。

〔13〕轗轲（kǎn kě）：同"坎坷"，指命运多舛。

鉴赏

本诗的好处在于将题画与抒情巧妙地结合起来。从开头到"舒卷沧洲在吾手"，是对画幅内容与吴伟画技的描绘赞赏。作者以"飘然意象临虚无"来总括画面之特点，然后通过"酒酣落笔"的绘画姿态与"空堂白日流云雾"的观赏效果突出画艺之高超。随之是分写画面之内容，通过洲岸之倾侧，岛屿之倒影，江中之船帆，汹涌之浪涛，苍茫之烟峰，展现画面之丰富变化，并以"去雁遥知七泽中，落花误认桃源口"之虚写突出画面之奇特。最后以"石林沙草恣点染，舒卷沧洲在吾手"表达了作者对吴伟随意挥洒、舒卷自如的高超画技的赞叹。从"忆昔弘治中"到结尾是对吴伟人格的描写及对

其命运的感叹。作者主要突出了他在弘治时的遭逢圣遇与蔑视权贵的高傲，以及感叹其坎坷终生的命运。最后以吴生不复可得而只能见其画卷结束全诗，是对开头的照应。在对吴伟个性的描绘与命运的感叹里，其实也寄托了作者本人的情感。何景明对弘治朝君臣遇合的留恋，对权贵阉宦的蔑视忌恨，对自己不幸命运的感叹，乃至对自身才气的自负，均与吴伟大致相似，因而对吴伟的感叹其实也在很大程度上是自叹，则这首题画诗也就不是一般的泛泛之作了。

答望之二首（其一）[1]

念汝书难达，登楼望欲迷[2]。天寒一雁至[3]，日暮万行啼[4]。饥馑饶群盗[5]，征求及寡妻。江湖更摇落[6]，何处可安栖？

注释

〔1〕本诗选自《何大复集》卷十七，是何景明回赠其妻弟孟洋的。孟洋字望之，亦河南信阳人，弘治十八年（1505）进士，官至南京大理寺卿。与李梦阳、何景明多有唱和。有《有涯集》。

〔2〕望欲迷：远望一片茫然。

〔3〕一雁至：语意双关，既指有大雁飞过，也兼寓望之的来信。古时有大雁传书的说法。

〔4〕万行啼：亦为双关语，既指鸟之啼叫，也指百姓之啼饥号寒。

〔5〕饥馑（jǐn）：灾荒。《尔雅·释天》："谷不熟为饥，蔬不熟为馑。"饶：众多。南朝鲍照《拟古诗》之五："海岱饶壮士，蒙泗多宿儒。"

〔6〕摇落：凋残，零落。《楚辞·九辩》："悲哉秋之为气也！萧瑟兮草木摇落而变衰。"此亦为双关语，既指清秋树木凋落之凄凉肃杀，也指社会之衰败混乱。

鉴赏

本诗在表达对妻弟孟洋思念之情的同时，其主要立意则是向孟洋倾诉对时局的复杂感受。首联写自己虽思念孟洋却难以寄到书信，登楼远望则一片迷茫。如此开头既可与下边"日暮"时间相合，又为全诗定下一个凄暗的色调。颔联以"天寒一雁至"暗寓孟洋来信，但并未写得信之喜悦，而是接着写日暮中万行悲啼的衰落气象。这已经将写实引向了气氛的营造。颈联推出所悲的原因，饥馑使大量的百姓加入盗贼的行列，而官府的征求搜刮仍无休无止，国家显然已经处于风雨飘摇之中。所以尾联顺势写出"江湖更摇落，何处可安栖"的悲叹与忧虑。全诗以答为题，向对方诉情中之所念，谈眼中之所见，忧心中之所感，一气呵成，意境浑然，既有真切的情感，

又有深刻的寓意，是何景明诗歌的代表作。

秋兴八首（其一）[1]

高楼一上思堪哀，水尽山空雁独回。万里关河迷北望，无边风雨入秋来。故人尺素年年隔[2]，薄暮清砧处处催[3]。徒有寒樽对花发，病怀愁绝共谁开？

注释

〔1〕本诗选自《何大复集》卷二十四。这组"秋兴"诗当作于正德三年（1508）秋，第三首有"前岁今皇新御极"之句，此"新皇"应指明武宗朱厚照无疑，故知为正德三年。

〔2〕尺素：泛指书信。素，生绢。古人用一尺长的绢帛写信，故称尺素。

〔3〕清砧（zhēn）：清脆的捣衣声。砧，捣衣石。

鉴赏

作此诗时作者因病而退居于家乡，曾上书朝廷请求抑制宦官刘瑾，结果被刘瑾免官。面对混乱的朝政与危殆的时局，作者满怀忧虑地写下了这组诗作。关于此组诗作之主旨，第八首尾联之"正是平居多感慨，底须辞赋答秋风"已点明。在写法上，无论是诗题还是用韵，均有模仿杜甫的痕迹，前四句与《登高》相近，而第三联又明显由杜甫《秋兴八首》之一的"寒衣处处催刀尺，白帝城高急暮砧"化出，这些都显示了何景明复古派的特征。但作者的情感应是真实深厚的，所以在模仿中同时也寄托了他忧心时局、孤独愁闷的情怀。

徐祯卿

徐祯卿（1479—1511），字昌谷，一字昌国，长洲（今江苏苏州）人。弘治十八年（1505）进士，除大理寺左寺副，因失囚而降国子监博士，不久病逝于京师，年三十三岁。徐祯卿天性颖异，在吴中时已工诗歌，与祝允明、文徵明、唐寅齐名，号为"吴中四才子"。登第后与李梦阳等人游，悔其少作，论诗改宗汉魏盛唐，成为"前七子"复古派成员，但在创作上依然受吴中风气影响，风格仍以清新婉约为主。有诗集《迪功集》、论诗著作《谈艺录》等。

在武昌作[1]

洞庭叶未下[2]，潇湘秋欲生[3]。高斋今夜雨，独卧武昌城。重以桑梓念[4]，凄其江汉情[5]。不知天外雁，何事乐南征？

注释

〔1〕本诗选自四库全书本《迪功集》卷二。

〔2〕洞庭：指洞庭湖一带。叶未：底本作"木叶"，一作"叶未"，较胜。此句由《楚辞·九歌·湘夫人》之"洞庭波兮木叶下"化来，而反其意用之。

〔3〕潇湘：本指湘水，此处泛指楚地。

〔4〕桑梓：古人常将桑梓二木植于宅旁，故以之指代故乡或父老乡亲。

〔5〕江汉：长江与汉水。此二水在武汉相汇，故以之代指武昌一带。

鉴赏

本诗以秋景秋意而抒其思乡之情，是徐祯卿的代表作。首句以写景开头，化用楚辞成句，已隐然有悲秋之意在，而犹在以疑问起头，当木叶未下之时，而秋意便已产生。次联以一"雨"一"独"回答了上联的疑问，本联以律诗论本当对仗，但作者以古诗之句写之，遂有高古浑然之格。第三联再加引申，自己是因为浓厚的思乡之念，才会在武昌的秋雨中有凄然之情。最后又以问雁作结，加重了思乡的情感。本诗在写法上联联相承，意脉贯通，不以工整精严称，而以浑成自然胜，所以清人王士禛称此诗"非太白不能作"，指的正是本诗重风神情韵的特点。

祝允明

祝允明（1460—1526），字希哲，因右手生有枝指，故号枝山、枝指生，长洲（今江苏苏州）人。弘治五年（1492）举人，后连试进士皆不第，除广东兴宁知县，迁应天府通判，不久谢病归乡。祝允明自幼多才多艺，尤工书法，为人任诞狂傲，不羁礼法，好酒色六博，善度新声，曾粉墨登场，梨园子弟相顾不如，乃明代中期出名的狂放士人。与文徵明、唐寅、徐祯卿并称"吴中四才子"。其诗也以狂放自如而著称，最突出者为哲理诗与抒情诗，往往表现出狂放之论与不羁人格，同时又饱含激情。所以明人顾璘称其诗"吐词命意，迥绝俗界"（《国宝新编》）。但也往往存有拣择不精之弊。有《怀星堂集》传世。

秋宵不能寐[1]

官街彻夜鼓声悲[2]，万古浑无至静期。百事生来酒醒处，七情伤向梦回时。红颜交代将人误[3]，青史升沉与世移。独起挑灯映窗坐，秋光月色共参差[4]。

祝允明

注释

〔1〕本诗选自四库全书本《怀星堂集》卷六。寐（mèi）：睡。

〔2〕官街：都市中的大街。

〔3〕红颜：此谓青春。交代：转移，更换。

〔4〕秋光：秋日的风光景色。

鉴赏

本诗由官街鼓声引发出对历史、现实与人的生命价值的思考，感叹人世的纷扰，青春的短暂，以及历史评判的反复无常，并产生出与月光秋色共融于一体的超然追求。这是明代较早留意人生个体价值的诗作，从而联结起明中期吴中诗人群体与晚明性灵派的历史脉络。

口号 三首[1]

枝山老子鬓苍浪[2]，万事遗来剩得狂。从此日和先友对[3]，十年汉晋十年唐。

不裳不袂不梳头[4],百遍回廊独步游。步到中庭仰天卧,便如鱼子转瀛洲[5]。

蓬头赤脚勘书忙,顶不笼巾腿不裳。日日饮醇聊弄妇,登床步入大槐乡[6]。

注 释

〔1〕本诗选自《怀星堂集》卷六,乃是作者本人的自画像。

〔2〕苍浪:花白。

〔3〕先友:古人。此句言从此天天与古人为友。

〔4〕袂(mèi):衣袖。

〔5〕鱼子:即渔人,捕鱼的人。瀛洲:原指传说中的三神山之一,另二山为蓬莱、方丈。

〔6〕大槐乡:即梦中。语出唐人李公佐《南柯太守传》,文中淳于棼梦入大槐安国而娶国王之女,醒后方知所谓大槐安国乃树下蚁穴。

鉴 赏

所谓"口号"即随口而吟之意,故本诗的最大特点在于自然率真,不假雕饰。第一首定下其"狂"的个性,并以尚友古人来突显自己不合于世俗的人生追求。第二首与第三首则写出了自己潇洒自由的人生行为与自我快意的人生感受："不裳不袂不梳头"的"回廊独步游"，就像渔人入了仙境那般自由自在；而蓬头赤脚、不巾不裳的校书和饮美酒、"聊弄妇"的放荡不羁，也能使自己安稳踏实地一入梦乡。祝允明这种不拘礼法、亦雅亦俗的狂士形象，已开晚明名士之先河。

唐 寅

唐寅（1470—1523），字伯虎，一字子畏，吴县（今江苏苏州）人。年轻时才气奔放，与文徵明、祝允明及徐祯卿并称"吴中四才子"。弘治十一年（1498）举乡试第一，颇受詹事程敏政赏识。次年唐寅至京参加会试，因受主考官程敏政科场舞弊案株连而下诏狱，被黜为吏，耻不就。自此遂无意于功名，致力绘事，以卖画为生。筑室桃花坞，自号桃花坞主，以诗酒自放。文采风流，辉耀江南，因刻石章，号称"江南第一风流才子"。晚好禅学，归心佛氏，故又号六一居士。年五十四而卒。唐寅博学多才，又精于书画，善山水人物花鸟，与沈周、文徵明、仇英合称"江南四家"。诗文初尚才情，晚年颓然自放。王世贞称其诗为"乞儿唱莲花落"，指其不避俚俗，节奏明快，韵脚流转的民歌特点。此虽与传统诗歌有异，却已开晚明"公安派""独抒性灵，不拘格套"之先河。其作品有周道振、张月尊辑校的《唐伯虎全集》。

唐寅

感　怀[1]

不炼金丹不坐禅[2]，饥来吃饭倦来眠。生涯画笔兼诗笔[3]，踪迹花边与柳边。镜里形骸春共老[4]，灯前夫妇月同圆。万场快乐千场醉，世上闲人地上仙。

注释

〔1〕本诗选自《唐伯虎全集》卷二。

〔2〕金丹：方士炼金石为丹药，以求长生。坐禅：佛家修养心性之方式。

〔3〕生涯：有二意，一指生计，二指生活。亦即绘画与作诗既是生命享受，也是生计来源。

〔4〕春共老：与春风迟暮。共，与；老，迟暮。

鉴赏

在本诗中，作者描绘出一幅独立而实在的人生画卷。所谓独立是指其"画笔兼诗笔"的生涯，亦即依靠自我的艺术才能生活而不依附于人，作者另有绝句曰："不炼金丹不坐禅，不为商贾不种田。闲来写就青山卖，不使人间造孽钱。"可与此诗相印证。所谓实在

是指其潇洒放荡的现实人生享受。尽管这不如谈禅论道高妙,不如仕宦高爵显赫,但却充实而愉快。而实在的生活又取决于独立的人格此一前提。诗中的这种人生模式,是建立在明代世俗社会基础上的一种新型文人生活趋向。

把酒对月歌[1]

李白前时原有月,惟有李白诗能说[2];李白如今已仙去,月在青天几圆缺。今人犹歌李白诗,明月还如李白时;我学李白对明月[3],月与李白安能知?李白能诗复能酒,我今百杯复千首;我愧虽无李白才,料应月不嫌我丑。我也不登天子船,我也不上长安眠[4];姑苏城外一茅屋[5],万树桃花月满天。

注 释

〔1〕本诗选自《唐伯虎全集》卷一。

〔2〕李白诗能说:此指李白多以月为题写诗,如《峨眉山月歌》《月下独酌》《望月有怀》《雨后望月》《静夜思》等等。

〔３〕对明月：即与月问答，如"青天有月来几时，我今停杯一问之"（《把酒问月》），"举杯邀明月，对影成三人"（《月下独酌》）。

〔４〕"我也"二句：化用杜甫《饮中八仙歌》之句："李白一斗诗百篇，长安市上酒家眠。天子呼来不上船，自言臣是酒中仙。"意在表示自己比待诏翰林的李白更旷达。

〔５〕姑苏：即今江苏苏州市。一茅屋：指桃花坞。《明史·唐寅传》载："筑室桃花坞，与客日般饮其中。"

鉴赏

在本诗中，作者用月、诗、酒三种媒介将作者自我与诗人李白联系在一起，在广袤的时空中展开对比性联想，最终收归到"我也不登天子船，我也不上长安眠"的独立狂傲上来，从而突出了诗人与李白性情气质上的呼应共鸣。用笔挥洒自如，情感豪放不羁，从中显示了作者的才气与风采。此种体貌与笔法，是唐寅诗作特点的典型代表。

文徵明

文徵明（1470—1559），原名璧，字徵明，又字徵仲，号衡山居士，长洲（今江苏苏州）人。明中期著名书画家，与唐寅齐名。十九岁入学为秀才，然此后九入场屋而皆未能中举。正德末被荐入京授翰林院待诏，三年后谢病归里，以吟诗作画终其一生。有《文徵明集》。文徵明诗不如画，但亦自有特色，大致为不尚格调而平实秀雅，所谓"雅饬之中，时有逸韵"（《四库全书总目提要》），可谓定评。

阊门夜泊[1]

阊阖城西夜雨收[2]，西虹桥下水争流[3]。苍茫野色千山隐，突兀寒烟万堞浮[4]。灯火旗亭喧夜市[5]，月明歌吹满江楼。乌啼不复当时境，依旧钟声到客舟。

注　释

〔1〕本诗选自周道振辑校《文徵明集》卷十三。

〔2〕阊阖(chāng hé)城：阊阖城即苏州城，"阊阖"本是传说中的天门，春秋时吴国欲西破楚，故立阊门以通天气。

〔3〕虹桥：即拱桥，因形似彩虹而得名。

〔4〕堞(dié)：城上之矮墙，形如齿状，又称女墙。

〔5〕旗亭：酒楼，因悬旗为酒招，故称旗亭。唐刘禹锡《武陵观火》诗："花县与琴焦，旗亭无酒濡。"

鉴赏

阅读本诗，须与唐人张继的《枫桥夜泊》与作者之友人唐寅的《阊门即事》二诗结合起来，方能体会出其风格。张继诗突出的是夜之清空与人之忧愁，而唐寅诗则以"翠袖三千楼上下，黄金百万水西东"之繁盛为格调。本诗则介于二诗之间，它既有"苍茫野色千山隐，突兀寒烟万堞浮"的空旷景色描绘，也有"灯火旗亭喧夜市，月明歌吹满江楼"的热闹。作者既有意识用"依旧钟声到客舟"来引起读者对张继诗的联想，却又用"乌啼不复当时境"将二者明显区别开来。这主要得力于作为吴人的文徵明，他对苏州充满着欣赏喜爱之情，在此一点上他不同于张继，所以没有忧愁；但他又是一位具有高超艺术素养的画家与诗人，能够用艺术的眼光与笔法写出苏州的繁华与美妙来。

王守仁

　　王守仁（1472—1529），字伯安，因其曾创办阳明书院，故世称阳明先生，余姚（今属浙江）人。弘治十二年（1499）进士，授刑部主事，改兵部。正德元年（1506）因上疏救御史戴铣而触怒宦官刘瑾，被廷杖四十后谪贵州龙场驿丞。刘瑾伏诛后先移官庐陵知县，后又擢右佥都御史巡抚南赣、两广，其间平定南中之乱与朱宸濠叛乱，因功升南京兵部尚书，封新建伯。嘉靖八年（1529）又奉命出征广西，途中病死于南安。王守仁是明代心学开创者，创良知学说，成为明代中后期广为流行的一大学派。其主要精力用于讲学与体悟良知，诗文乃其余事。但他又是具有较高审美修养的诗人，早年曾与李梦阳等文学之士交往密切。其散文博大畅达，有类苏轼。其诗部分受讲学影响，缺乏形象与情感。但也有许多诗作情理兼备，意趣高远，具有较高的审美价值，尤其是重主观意趣的诗学观念，开明代性灵诗学的先河。有今人吴光编校《王阳明全集》。

王守仁

龙潭夜坐 [1]

何处花香入夜清？石林茅屋隔溪声。幽人月出每孤往[2]，栖鸟山空时一鸣。草露不辞芒屦湿[3]，松风偏与葛衣轻[4]。临流欲写猗兰意[5]，江北江南无限情。

注释

〔1〕本诗选自《王阳明全集》卷二十，作于王阳明在安徽滁州时。据阳明年谱正德八年（1513）条目下载："冬十月，至滁州。滁山水佳胜，先生督马政，地僻官闲，日与门人遨游琅琊、瀼泉间。月夕则环龙潭而坐者数百人，歌声振山谷。诸生随地请正，踊跃歌舞。旧学之士皆日来臻。于是从游之众自滁始。"道出了滁州的山水之美与心情的闲适自得。

〔2〕幽人：幽隐之人，亦即隐士。语出《易·履》："履道坦坦，幽人贞吉。"

〔3〕芒屦（jù）：芒为一种草本植物，芒屦即芒鞋，亦即草鞋。

〔4〕葛衣：葛是一种可用于织布的草本植物，葛衣即用葛布制的夏衣。

〔5〕猗兰：古琴曲《猗兰操》的省称。《乐府诗集》卷五十八引《琴操》曰："《猗兰操》孔子所作。……（孔子）自卫返鲁隐谷之中，见香兰独茂，

喟然叹曰：'兰当为王者香，今乃独茂，与众草为伍。'乃止车援琴鼓之，自伤不逢时，托词于香兰云。"此处所言"猗兰意"有圣者生不逢时之意。

鉴赏

本诗乃作者一人身处山中而独赏美景，诗中以花香、溪声、月光、栖鸟、空山、松风，构成幽静高洁的环境，烘托出一位情趣高雅的幽人，可谓一种情景交融、余韵悠长的艺术境界。而"猗兰"典故的运用，又寄寓了作者高洁的圣者情怀，这既是诗人的境界，也是良知的境界，是一首值得品味的好诗，代表了王阳明所开创的性灵诗歌的特点与水准。

山中漫兴[1]

清晨急雨度林扉[2]，余滴烟梢尚湿衣。雨水霞明桃乱吐[3]，沿溪风暖药初肥[4]。物情到底能容懒，世事从前顿觉非。自拟春光还自领，好谁歌咏月中归。

王守仁

注释

〔1〕本诗选自《王阳明全集》卷二十。

〔2〕林扉(fēi)：山林中的房屋。

〔3〕霞明：像彩霞般明丽。

〔4〕药：芍药花。

鉴赏

正德十六年（1521），王阳明由于对朝廷的不公与官场的混乱而辞职归越，决定去过退隐的生活。他在家乡的主要活动是聚徒讲学与漫游山水，在领略自然风光中使自己的心灵得到了放松与调整。本诗便是此种心情的表露。诗的首联将自己安置在一个雨后清新的环境里，次联极为鲜明地描绘了山中美好的景色，同时作者也将自己融化在明霞红桃里。在自然美景中，他是如此的从容自得，因而第三联便突出其自我满足感，以致使他深感从前官场忙碌的失算。最后在饱赏春光之后，一路歌咏而归，其人生的自得感可谓溢于言表。

山中示诸生五首（其五）[1]

溪边坐流水，流水心共闲。不知山月上，松影落衣斑。

注释

〔1〕本诗选自《王阳明全集》卷二十,作于作者正德五年(1510)在滁州任庐陵知县时。

鉴赏

任职庐陵时的王阳明,讲学之法以静坐以悟良知为主,故本诗既是此时讲学方式之体现,更是富于禅意的审美书写。作者坐于小溪之旁而静观流水,遂进入一种平静悠闲的境界,心犹如流水般清澈自然,不知不觉中,月亮已升上山头,只有在斑驳的松影洒落衣上之时,方才感受到时间的流动。作者在此将流水、山月、松影三种景象叠加拼合,遂形成自然、皎洁、摇曳多姿的格调,准确地传达出其超然自得的审美心境。

杨 慎

杨慎(1488—1559),字用修,号升庵,新都(今属四川成都新都区)人。正德六年(1511)进士第一,授翰林院修撰,充经筵讲官。嘉靖初因"大礼议"被世宗廷杖责罚,削去官职,谪戍云南永昌卫,投荒三十余年,于嘉靖三十八年(1559)卒于戍所。杨慎登第出李东阳门下,并在诗学上得其指授,为明代第一博雅君子。在创作上博采汉魏唐宋众长而不规模于一家一派,于"前七子"之外自成一格。其诗歌风格以谪戍永昌为界限分前后两期,正如陈田《明诗纪事》所说:"升庵诗,早岁醉心六朝,艳情丽曲,可谓绝世才华。晚乃渐入老苍,有少陵、谪仙格调,亦间入东坡、涪翁一派。"杨慎于诗各体兼善,但尤于七言近体最有特色,雄浑绮丽,情韵高华,并能汲取西南民歌笔调,得其清新流丽之长。有《升庵集》《升庵遗集》。

白 崖[1]

仆夫双牵缆,登岭如上滩。下坂亦何险,骏马如流丸[2]。

上下两艰阻,行路常苦艰。霖雨贯四时[3],阴箐不曾干[4]。弱泥岂易蹑,弱枝岂易攀[5]。暮投三家市,暂假一夕安。篁篱既穿漏[6],荆扉且无完[7]。东家采樵女,适遭虎狼餐。哭声起邻屋,行者为悲酸。

注释

〔1〕本诗选自《升庵遗集》卷二,是杨慎在嘉靖四年(1525)春,前往谪戍地云南永昌卫途中经过白崖时所写。白崖城是唐代大历七年(772)依山所建之城,周回四里,极为险要,郭松年《大理行记》载:"白崖城依山为城,其色如雪。"

〔2〕流丸:如圆球的快速滚动。语出《汉书·蒯通传》"阪上走丸"。

〔3〕霖雨:连绵大雨。

〔4〕阴箐(qìng):阴森的山间大竹林。

〔5〕"弱泥"二句:语出《乐府诗集·横吹曲·陇头流水歌》:"手攀弱枝,足逾弱泥。"弱泥,软泥。弱枝,朽枝。

〔6〕篁篱:竹子所编篱笆墙。

〔7〕荆扉:柴门。

鉴赏

本诗集中描写了白崖的险要与环境的恶劣,并抒发了作者凄伤的心情。作者结合途中环境的变化兼写情绪的变化。前六句写道路的奇险，由于山势陡峭，攀登难而下坡亦难，故而发出"行路常苦艰"的感叹。中间四句写气候之恶劣，大雨连绵，竹林阴湿，道路泥泞，枯枝难攀，不言而知路途之难行。后八句写环境之险恶，傍晚投宿三家市时，本来打算得到片刻的休憩，却不料竹篱残破，柴门不完，邻居家捡柴的女子刚刚被猛虎吃掉。至此，刚松弛下来的心情又更加不佳，只是由畏惧变成"悲酸"而已。作者因"大礼议"而被罢官充军，情绪当然低落，加之如此所闻所感，其"悲酸"也就自不待言了。可以说是艰险的路途、险恶的环境与恶劣的心情共同构成了本诗的凄伤格调。

三 岔 驿 [1]

三岔驿，十字路，北去南来几朝暮。朝见扬扬拥盖来[2]，暮看寂寂回车去[3]。今古销沉名利中，短亭流水长亭树[4]。

注 释

〔1〕本诗选自四库全书本《升庵集》卷三十八。三岔驿：又名白水驿，在今云南沾溢县境，是当时云贵间的交通要道，官吏入滇出滇，多

经过此处。

〔2〕扬扬拥盖：趾高气扬貌。《史记·管晏列传》记晏子御者云："拥大盖，策驷马，意气扬扬，甚自得也。"此处指得官而入滇来者。

〔3〕寂寂回车：情绪低沉貌。此处指失意而离开者。

〔4〕短亭流水：即短亭阅人如流水之意。李白《把酒问月》："古人今人若流水。"长亭树：意谓长亭之树是此情此景的最好见证。姜夔《长亭怨慢》："阅人多矣，谁得似长亭树。"

鉴赏

本诗乃是一首文字短小而内涵丰富的歌行体作品。作者抓住了一个特定的地点——三岔驿，极其形象而精练地写出了宦海浮沉的人生感悟。作者将官员的来往浓缩于"朝暮"之间，以突出其变幻之迅速无常。然后用"朝见扬扬拥盖来，暮看寂寂回车去"二句，具体落实了"北去南来"的内容，并形象地描画出得意与失意的巨大落差。最后两句是作者的感叹：古往今来多少人就在这名利的追逐之中升沉浮降，耗尽一生而又执迷不悟，只有那短亭流水依旧，长亭绿树依依，见证着人生的无常，宦海的风波。其实，这见证者与其说是流水绿树，倒不如说是作者本人。正是由于他被永远抛出了官场，才能从名利场中脱身而出，冷眼旁观这人生的现实，才拥有了如此真实深刻的人生感悟。

杨慎

寒　夕[1]

东西垂老别,前后苦寒行。旅鬓年年秃,羁魂夜夜惊。春锄胸内贮[2],石阙口中生[3]。读书有今日,曷不早躬耕。

注释

[1] 本诗选自《升庵集》卷十八,作于嘉靖三十七年(1558)冬。

[2] "春锄"句：意谓自己胸中悲愁愤懑翻腾不已,犹如春锄之乱捣。《易林》："解我胸春",正是此意。

[3] "石阙"句：此为谐音双关语,即悲从中来。郭茂倩《乐府诗集·清商曲·读曲歌》："奈何许,石阙生口中,衔碑不得语。""悲"与"碑"音谐,本句诗从此出。

鉴赏

王世贞《艺苑卮言》卷六载："杨用修自滇中戍暂归泸,已七十余,而滇士有谗之抚臣鄢者。鄢,俗戾人也,使四指挥以银铛锁来。用修不得已至滇,则鄢已墨败。然用修遂不能归,病寓禅寺以没。"本来已经到了风烛残年,却依然要被押解回谪戍之地继续服役,可知其失望愤怒的程度，本诗就是此种心情的抒发。"垂老别"与"苦寒行"都是实写，而次联则写衰老之体貌与不安之心情。第三联用典故极写其内心的悲愤。尾联最有分量，早知道读书会得到今日的不幸结果，为什么不及早躬耕田亩呢？这是对朝廷的控诉，是对迫害者的抗议，也是对自我人生的总结与反省。这种反省对其本人虽已无太大意义，因为次年他就与世长辞了，但却不能不引起后人的感叹与同情。

丙午除夕口占[1]

六十头颅雪满簪，老狂犹作少年吟。已消湖海元龙气[2]，只有沧浪渔父心[3]。俯仰乾坤吾道泰，逍遥岁月主恩深。屠苏饮罢椒花暖[4]，错料梅花冷不禁。

注释

〔1〕本诗选自《升庵遗集》卷十三，作于嘉靖"丙午"即二十五年（1546）的除夕，本年杨慎五十九岁（诗中言六十是取其整数），自嘉靖三年（1524）被谪戍以来，他已经整整在云南此一偏远之地度过了二十二个年头。

杨慎

〔2〕湖海元龙气：语出《三国志·魏书·陈登传》，东汉陈登字元龙，许汜曾到陈登处谈论求田问舍话题，陈登听后感到言无可采，就很久不与许汜说话。后来许汜对刘备说："陈元龙湖海之士，豪气不除。"因而"湖海元龙气"指胸有大志之豪气。作者此句说他已没有早年的豪情壮志。

〔3〕沧浪渔父心：指归隐之心。《楚辞·渔父》："渔父莞尔而笑，鼓枻而去。乃歌曰：'沧浪之水清兮，可以濯吾缨；沧浪之水浊兮，可以濯吾足。'"后来以"沧浪渔父"或"沧浪老人"指隐居者。

〔4〕屠苏、椒花：皆酒名。古时风俗，正月初一进屠苏酒、椒花酒。

鉴赏

　　全诗的内涵比较复杂，其中既显示了因长期谪戍生活对其济世热情的消磨，同时又体现着作者狂傲个性的始终如一。首联言自己虽已年近六十满头白发，而犹有年轻人的狂放精神。颔联突然一转，称自己已消尽早年陈元龙那样的豪情壮志，所拥有的只是隐居自保的心愿。这似乎与首联所言不一，其实并不矛盾。他所称的"元龙气"除了狂傲外，更主要的是大济天下苍生的政治追求，但当他年近六十时，自知已不会再有机会，同时也兼有向皇上表白自己已无他念之意。可没有政治追求并不等于没有道德人格，所以颈联说自己俯仰乾坤，无愧于天地，故能泰然自若。不过之所以能够如此，也与皇上圣恩宽厚密

切相关，此名为颂圣而实则语含讥讽，因为将其置于此地的不就是当今圣上吗，又谈何"主恩"？尾联又回到首联的狂放格调中，你们错误估计我会经不起恶劣环境的折磨，但我喝了屠苏、椒花酒后却正意气风发，犹如梅花在寒风中傲然开放。这就是杨升庵先生，朝廷可以将其罢官，可以将其流放，却始终不能消除其一身之傲气。

竹枝词九首（其八）[1]

上峡舟航风浪多，送郎行去为郎歌。白盐红锦多多载[2]，危石高滩稳稳过。

注 释

〔1〕本诗选自《升庵集》卷三十四。

〔2〕白盐红锦：盐与锦是古代蜀中特产，常向他处贩运。杜甫《夔州歌十绝句》："蜀麻吴盐自古通。"扬雄《蜀都赋》："尔乃其人，自造奇锦……发文扬采，转代无穷。"

鉴 赏

杨慎因长期谪戍滇中，故诗作常有悲愤之音。但又受当地民歌

杨慎

影响，亦多有清新流畅之调。本首写蜀中生活，则更觉亲切可爱。其妙处在于写年轻的商人妻子临行前叮嘱其丈夫：既要多载白盐红锦多赚钱，又要稳稳驶过危石高滩保平安。此极矛盾语，极不通语，然出自少妇之口，则贪心中含妩媚，担忧中寓善良，可谓描写如画矣。

感旧书事三首[1]

贾谊《新书》在汉庭[2]，君王当宁问虚名[3]。长沙久滞缘何事，绛灌诸公气未平[4]。

孤臣白首困尘埃，官里犹询小秀才[5]。魏阙梦回江海冷[6]，金莲银烛隔蓬莱[7]。

寒月弯环斗玉弓，蛾眉迢递卧毡穹[8]。情知不怨毛延寿[9]，梦峡啼湘薄命同[10]。

注 释

〔1〕此三首诗选自《升庵遗集》卷十七。

〔2〕《新书》：汉代贾谊的政论著作。在汉庭：指其所论已被朝廷所采纳。

〔3〕宁：指门屏之间君主视朝之处。问虚名：指汉文帝征见贾谊问以鬼神之本。

〔4〕绛灌：指周勃、灌婴等人。汉文帝让贾谊议论法制，拟任其为公卿，但周勃、灌婴等人却陷害之，而多言贾谊之短。见《史记·屈原贾生列传》。

〔5〕官里：此处指宫中，亦即皇帝。小秀才：本是对翰林后辈的称呼，此处指杨慎。《明史·杨慎传》载，慎谪戍滇中后，世宗常问"杨慎云何"，即是否说过怨恨之言。

〔6〕魏阙（què）：指朝廷。江海：指贬谪之地。

〔7〕金莲银烛：指翰林院。《爱日庐丛抄》曰："唐令狐绹为翰林承旨，夜对禁中烛尽，宣宗命以金莲花炬送还，此莲炬故事之始。"杨慎曾任翰林经筵之职，故言及此。

〔8〕蛾眉：指王昭君。迢递：遥远的样子。卧毡穹：指出嫁匈奴。

〔9〕毛延寿：据传昭君之出嫁匈奴为未贿赂画工毛延寿被其丑化所致。见《西京杂记》。此处说"不怨"是婉转讥讽世宗。

〔10〕梦峡：思念故乡。据《入蜀记》载昭君的故乡在归州白狗峡（在今湖北秭归县）。啼湘：思念君王。此处借用湘夫人哭舜事，见《博物志》。薄命同：即自己的不幸命运与昭君相同。

杨慎

> 鉴赏

　　此三首诗应将其作为组诗来看，是作者借历史以寓自我人生感慨。第一首说汉代的贾谊年少高才，无论就其政治见解还是个人才气，都深为文帝所欣赏。他之所以久滞于低位是由于周勃、灌婴等人的陷害所致。由此看，似乎杨慎的久谪云南是由于朝中小人所构陷。第二首则语含双关，从表面看是说自己虽久困边鄙之地，但皇帝还能时时问及自己，因此常常在梦中回到朝中，但醒来后依然是江海凄冷。可实际上皇帝的垂询并非对其表示关心，而是依然有所猜疑。朱茹《升庵集序》说："用修之谪戍也，世庙每询于当国者，赖以猖狂废恣对，已又询不置，将物色之，祸几及。"杨慎对此应该是清楚的，故在此应为佯颂而实怨之。第三首就表现得比较直白了。作者将自己喻之为汉代的王昭君远嫁匈奴，是取其同至荒凉边陲之意。至于昭君远适匈奴的原因，则说"情知不怨毛延寿"，但究竟是谁造成的呢？作者并未直言，不过结合前二首的内容，其实已经不言自明。这其中既有议礼新贵的排挤，更重要的是世宗对其的忌恨寡恩。由此，这三首诗构成了颇为耐人寻味而相互支撑的立体结构。

徐 渭

徐渭（1521—1593），字文清，又字文长，号天池山人、青藤道士、田水月等，山阴（今浙江绍兴）人。嘉靖十九年（1540）为诸生，后屡试举人不中。嘉靖三十七年（1558）入浙闽总督胡宗宪幕佐其平定倭乱，大受胡氏信任。后胡宗宪因严嵩倒台而下狱，徐渭受其牵连，遂发狂自残，又杀其继妻，被下狱论死。获救出狱后漫游南北，以卖书画为生。晚景凄凉，于七十三岁时忧愤而卒。有《徐文长集》《樱桃馆集》等传于世，今人编为《徐渭集》。徐渭诗文书画俱精，还擅长于戏曲创作与批评。其散文以议论通达、自然流畅为特征，受唐顺之本色论文学思想影响较大。诗歌亦颇具个性，其奔放自然似李白，怪异奇特似李贺，而诙谐通脱又似苏轼。其风格对晚明"公安派"有较大影响，袁宏道、陶望龄均曾作传记叙其人而评其诗。《四库全书总目提要》评其诗曰："欲出入李白、李贺之间，而才高识僻，流为魔趣，选言失雅，纤佻居多，譬之急管么弦，凄清幽渺，足以感荡心灵，而揆以中声，终为别调。"

徐渭

夜宿丘园，乔木蔽天，大者几十抱，复有修藤数十寻，县络溪渚[1]

老树拿空云[2]，长藤网溪翠[3]。碧火冷枯根[4]，前山友精祟[5]。或为道士服，月明对人语。幸无相猜嫌，夜来谈客旅。

注释

〔1〕本诗选自《徐渭集·徐文长三集》卷四，是作者三十五岁时于入闽途中所作（该诗之写作时间见徐朔方《徐渭年谱》"嘉靖三十五年条目"下）。修：长。寻：古代长度单位，一寻等于八尺。县：同"悬"。渚（zhǔ）：水中小块陆地。

〔2〕拿空云：排空凌云。

〔3〕网溪翠：此处"网"为动词，犹言长藤在溪之两岸织成翠绿的大网。

〔4〕碧火：青绿色火光，即磷火，俗称鬼火。冷枯根：使枯根阴森凄冷。

〔5〕友精祟：仿佛精祟相聚为友。精祟指前所言之"碧火"。

鉴赏

本诗中以老树、长藤、磷火、枯根及精祟等怪异幽森的景物，组成了一幅凄清冷峻的画面，表达了作者夜宿山中时孤寂恐惧的心境。而诗之后半部分想象精祟化为道士月夜前来访谈，又在怪异凄冷中透出一丝诗人的幽默。

严先生祠[1]

大泽高踪不可寻[2]，古碑祠木自阴阴。长江万里元无尽[3]，白日千年此一临。我已醉中巾屡岸[4]，谁能梦里足长禁。一加帝腹浑闲事[5]，何用傍人说到今[6]。

注释

[1] 本诗选自《徐渭集·徐文长逸稿》卷四，乃是一首追怀古人之作。严先生：即严光，字子陵，会稽余姚（今属浙江）人，汉代著名隐士。史载其年轻时与刘秀同游学。刘秀称帝后欲授其官职，他辞而不受，仍隐居于桐庐富春山中。后人仰其高风，在富春设严先生祠以祭之。

[2] "大泽"句：据史书记载严光曾隐于东汉时齐国一带。见《后汉书·严光传》。

徐渭

〔3〕长江：此处指富春江。元：同"原"。

〔4〕巾屡岸：常常掀起头巾，露出前额。岸，冠帽上推，露出前额。

〔5〕"一加"句：东汉光武帝将严光请入宫中叙旧，因二人同榻共卧，严光将脚伸在光武帝腹上。次日太史奏称："客星犯御座甚急。"光武帝笑曰："朕故人严子陵共卧耳。"后来此事成为隐士与君主遇合的美谈。见《后汉书·严光传》。浑闲事，平常事。

〔6〕傍：同"旁"。

鉴赏

本诗前四句突出严光声名之显赫与久远，尽管已难寻觅其当时隐居的踪迹，但祠中古碑古树却承载着其千载不朽之声名。正是在这逝水无尽、时经千载的今日，作者面对此祠萌生了深长的遐想。后四句则翻出新意：文人的傲岸不羁是常有之事，更何况在梦中谁能管得住自己的双脚？所以脚伸在帝王腹上那本是再平常不过之事，用得着作为美谈而千古流传吗！吊古咏史之作贵在能够翻出新意，而此诗非但能出新意，且能将自我融入诗中，比起"我已醉中巾屡岸"来，那严光又算得了什么？则一位傲岸孤高的狂士形象便跃然纸上。

王元章倒枝梅画[1]

皓态孤芳厌俗姿，不堪复写拂云枝。从来万事嫌高格，莫怪梅花着地垂。

注释

〔1〕本诗选自《徐渭集·徐文长三集》卷十一，是徐渭为王元章之画而题的诗。王元章即元代末年的王冕(1310—1359)，字元章，号煮石山农、梅花屋主等，绍兴诸暨(今属浙江)人，是中国历史上著名画家与高士。他的墨梅冠绝一时，他的隐居不仕更是被后人传为美谈。

鉴赏

本诗所咏为王冕所画倒枝梅，紧紧抓住"倒枝"此一特点，寄寓深刻的讽世之意。诗言梅花本来就具有洁白芳香的不俗姿态，不能再将其画得高拂云天了。后二句作出解释，因为人世间都对高尚品格存有嫌忌之心，故而也就不要奇怪于梅花会低垂于地了。如此题诗，则画中态与画外意皆到，显示出作者的幽默与愤激。

徐渭

葡萄五首（其一）[1]

半生落魄已成翁，独立书斋啸晚风。笔底明珠无处卖，闲抛闲置野藤中。

注释

[1] 本诗选自《徐渭集·徐文长三集》卷十一，是徐渭为自己的画所题的诗，原诗共有五首，此为第一首。

鉴赏

该组诗本有五首组成，但保留至今的画上，却只题有此一首，也许此首是作者最满意的吧。原因很清楚，它是徐渭本人的自画像。前二句是直写，说自己半生功名无成，而今已成老翁，只有独立书斋而浩然长啸。后二句则一语双关，"明珠"既指画中水墨所画之葡萄，又指自己超人之才能，"闲抛闲置野藤中"既是实写，又寄寓着自我落魄不幸的命运。悲伤与自傲共存，落魄与高洁兼备，具有丰富的意蕴。

谢 榛

谢榛（1495—1575），字茂秦，号四溟山人，临清（今属山东）人。明后期布衣诗人，"后七子"成员之一。谢榛早年即有诗名，李攀龙、王世贞初在京城结诗社时，曾推其为盟长。待李攀龙名声大盛后，论诗与谢榛不合，遂致书与谢榛绝交，王世贞等人皆袒护李攀龙，以致削谢榛名于"七子""五子"之列，但终于难掩其诗名。谢榛论诗以融汇古人为旨归，重视神气声调的揣摩。钱谦益评其诗说："茂秦今体，工力深厚，句响而字稳，七子、五子之流皆不及也。"虽难免有夸大失实之处，但谢榛近体诗的确有自己的风格。有《四溟山人集》《四溟诗话》等。

大梁冬夜[1]

坐啸南楼夜，孤灯客思长。人吹五更笛，月照万家霜。归计身多病，生涯鬓易苍。征鸿向何许[2]，春日遍湖湘[3]。

注 释

〔1〕本诗选自朱其铠等校点《谢榛全集》卷八。诗中所写为作者客居大梁时的感受。大梁乃是战国时魏国都城,"后七子"作诗喜用古地名,此处应是借指开封。

〔2〕征鸿:远飞的大雁。何许:何处、什么地方。

〔3〕湖湘:指湖南洞庭湖与湘江一带。传说大雁南飞至衡阳回雁峰而止,故言湖湘。

鉴 赏

本诗的好处在于情景交融,意境高远。首联以情起,南楼孤灯,客思深长,不禁夜坐而长啸。次联写景,"人吹五更笛"写其所听,"月照万家霜"写其所见,闻笛声知其不寐,见月霜则显其凄凉,虽为写寒夜之景而凄冷之情已包含其中。第三联为抒情,欲归不能而身多疾病,生涯坎坷则两鬓易白。中间两联是情景交融之佳句,景为情中之景,情乃景起之情,可谓意象鲜明,情思悠远。尾联以雁回湖湘作结,是意在言外的笔法,作者推测那远飞的大雁会至何处呢?它一定会回到春意盎然的湖湘之地,而自己却依然身处大梁感受这凄凉的处境,岂不更增一重感伤?但作者并未将这层意思说出,而是寄己意于雁回湖湘之意象中,从而获得言有尽而意无穷的艺术效果。

远别曲[1]

阿郎几载客三秦[2],好忆侬家汉水滨[3]。门外两株乌桕树[4],叮咛说向寄书人。

注释

〔1〕本诗选自《谢榛全集》卷十九,是一首颇有民歌风味的绝句。

〔2〕三秦:秦亡后项羽曾三分关中,封秦降将章邯为雍王,司马欣为塞王,董翳为翟王,合称三秦,后指今陕西一带。

〔3〕侬(nóng):方言,我的意思。汉水滨:汉水之畔。汉水乃长江支流,发源于陕西宁强,至湖北汉口而汇入长江。

〔4〕乌桕树:落叶乔木。乐府民歌中多用之,如《乐府诗集·杂曲歌辞·西洲曲》:"日暮伯劳飞,风吹乌桕树。"

鉴赏

在本诗中,作者采用了民歌常用的以女子口吻叙述的手法,但却又反过来从男方落笔,抒情手法十分巧妙。女子所爱之人已多年在三秦为客,但她不言自己思念"阿郎",而说"阿郎"肯定十分思恋汉水滨的自己。并且进一步发挥想象,在他给我捎信时,必定会叮咛寄书人:一定记住,我心爱之人的门外有两株显眼的乌桕树,切莫将书错投他人!诗中虽未言自己如何思念阿郎,然思念之深情已跃然纸上。这样的诗作,既有"竹枝体"自然流畅,又有文人诗的巧思妙想,可谓难得佳作。

李攀龙

　　李攀龙（1514—1570），字于鳞，号沧溟，历城（今山东济南）人。嘉靖二十三年（1544）进士，初授刑部主事。嘉靖三十二年（1553）迁顺德知府，三年后升任陕西提学副使。不久托病归乡，建白雪楼啸饮其中。隆庆元年（1567）起为浙江副使，迁参政，拜河南按察使。因母丧返乡，哀伤过甚而病逝于家中。有《沧溟先生集》传世。李攀龙继李梦阳后而倡言复古，与王世贞同为"后七子"领袖，以性情狂傲著称。其诗总体上均有模拟重复之弊，其中乐府诗最为人所诟病，近体诗情形稍好，尤以七律与七绝最为人所称道。沈德潜《明诗别裁集》评曰："七言律已臻高格，未及变态；七言绝句有神无迹，语近情深，故应跨越余子。"

岁杪放歌[1]

　　终年著书一字无，中岁学道仍狂夫。劝君高枕且自爱，劝君浊醪且自沽[2]。何人不说宦游乐？如君弃官复不恶。

何处不说有炎凉？如君杜门复不妨[3]。纵然疏拙非时调[4]，便是悠悠亦所长[5]。

注释

[1] 本诗选自包敬第点校《沧溟先生集》卷五，应作于李攀龙嘉靖三十八年（1559）至隆庆元年（1567）隐居家乡白雪楼时。《明史·李攀龙传》载："攀龙既归，构白雪楼，名日益高。宾客造访率谢不见，大吏至亦然，以是得简傲声。"岁杪（miǎo）：岁尾。

[2] 浊醪（láo）：浊酒。沽：买酒。

[3] 杜门：闭门不出。王世贞《艺苑卮言》卷七："于鳞归，杜门，自两台监司以下请见不得，去亦无所报谢，以是得简倨声。"知李攀龙在此为实写其行为。

[4] 疏拙：疏于礼法，拙于世事。时调：流行风气。此句言其不合时宜。

[5] 悠悠：悠然，安闲貌。

鉴赏

在本诗中，作者形象鲜明地刻画出了其狂傲不羁、高视自我的文人品格。他在诗中处处描述自己与世俗相反之个性：他人著书为传之久远，而自己终年著书却一字不留；他人学道为增加学养，自己学道已至中年却仍为一介狂夫；他人觉得做官有无穷之乐，自己

却感到弃官更有味道；他人深通世态炎凉之道而极重交往，自己却认为杜门不出也并无不妥。尽管自己也深知如此做法不合时宜，但却获得了悠然自得的安宁平静。所以才会高吟"劝君高枕且自爱，劝君浊醪且自沽"的诗句。钱锺书《谈艺录》曾引唐人张谓《赠乔琳》之诗以作对照："去年上策不见收，今年寄食仍淹留。羡君有酒便能醉，羡君无钱能不忧。如今五侯不爱客，羡君不慕五侯宅。如今七贵方自尊，羡君不过七贵门。丈夫会应有知己，世上悠悠何足论。"认为二诗在章法上多有相同之处，却又能自达其意，所谓"亦步亦趋，而自由自在"。前后七子摹拟古人是其相同之处，但能够如此不露形迹却并不容易，这大概与作者此时感情充沛、见解深切有直接的关系。

寄殿卿二首（其一）[1]

人情原惨淡[2]，世路故蹉跎[3]。意气弹冠少，风尘按剑多[4]。客居深雨雪，春梦远漳河[5]。赖有西山色，犹堪载酒过。

注　释

〔1〕本诗选自《沧溟先生集》卷六，乃是作者任顺德知府时寄给其好友

许殿卿的。殿卿即许邦才,字殿卿,系李攀龙之少年好友与儿女亲家。嘉靖二十二年(1553)举人,授永宁知县,迁德府长史,又改周府长史。有《梁园集》四卷。

〔2〕惨淡:悲惨凄凉。

〔3〕蹉跎(cuō tuó):坎坷,失意。

〔4〕"意气"二句:化用王维《酌酒与裴迪》:"白首相知犹按剑,朱门早达笑弹冠。"弹冠,弹去帽上的灰尘,准备出来做官。《汉书·王吉传》:"吉与贡禹为友,世称'王阳(吉字子阳,故称王阳)在位,贡公弹冠。'"风尘,世路。按剑,指发怒时准备拔剑而怒。

〔5〕漳河:卫河支流。在河北、河南两省边境。有清漳河、浊漳河两源,均出山西省东南部,在河北省南部边境汇合后称漳河,东南流入卫河。据此可知作者此时在顺德(今河北邢台)府任上。

鉴赏

本诗为赠友之作,故而多从对方落笔。诗中以世路的艰难、人情的惨淡以及现实环境的寂寞,突显了自己与朋友许殿卿的友情及其对他的思念,并表达了渴望归隐的愿望。诗作由己及人,共叹世途多艰,情真意切,流畅自然,确有精工雄浑、寄意深远的长处。

寄吴明卿十首（其十）[1]

梁苑无人秋气悲[2]，吴门回首泪堪垂[3]。知君不尽平生意，海内穷交更有谁？

注释

〔1〕本诗选自《沧溟先生集》卷十三，乃是作者为怀念好友吴国伦而作的。吴国伦（1524—1593），字明卿，号川楼子、南岳山人等，兴国州（今湖北阳新县）人。嘉靖二十九年（1550）进士，由中书舍人擢兵科给事中。曾被严嵩借故谪为江西按察司知事。严氏败后又被起为建宁同知等官。他是"后七子"的重要成员，归里后诗名犹高，据称当时求名之士不东走太仓寻王世贞，则西走兴国觅吴国伦。

〔2〕梁苑：西汉梁孝王所建的东苑。故址在今河南省开封市东南。园林规模宏大，方三百里，宫室相连属，供游赏驰猎。梁孝王在其中广纳宾客，当时名士司马相如、枚乘、邹阳均为座上客。也称兔园。在此当指京城文人聚会之地。

〔3〕吴门：苏州城，在此当指王世贞。当时"后七子"中以吴国伦与王世贞名气最大，此时二人均不在京城，故而作者推测王世贞如得知

李攀龙

明卿境遇,亦将潸然泪下。

鉴赏

作者在本诗中对好友吴国伦的不幸深表同情,也表达了二人之间的深厚情感,但更重要的是突出了吴国伦在当时文坛上的重要地位,"梁苑无人"誉其有司马相如之才,吴门泪垂言其与王世贞有同样声名,一古一今皆欲显明卿之才气过人。

挽王中丞八首(其二)[1]

司马台前列柏高[2],风云犹自夹旌旄[3]。属镂不是君王意[4],莫作胥山万里涛[5]。

注释

〔1〕本诗选自《沧溟先生集》卷十三,是作者为悼念王世贞之父王忬而作。原诗共八首,此为第二首。王中丞,指王忬,字民应,号思质,太仓(今属江苏)人。嘉靖二十年(1541)进士,曾任兵部右侍郎、右都御史,总督蓟辽军务,因俺答把都儿部入侵而被朝廷论斩西市。

〔2〕司马:汉代官名,大司马掌兵权。列柏:汉代御史府中列植柏树,

故称御史府为柏署或柏台。此均代指王忬，因其曾任兵部右侍郎、右都御史，皆主军务，故称。

〔3〕旌旄(jīng máo)：旗帜。因古时多用旄牛尾以为旗帜装饰，故称旌旄。

〔4〕属镂：古剑名。在此为赐剑自杀之意。

〔5〕胥山：在江苏吴县西南。史载吴王夫差听信谗言，赐忠臣伍子胥属镂剑以自杀。子胥死后化为涛神，常借素车白马出入波涛之中，被称为"胥涛"。

鉴赏

　　作者在本诗中对好友之父寄寓了深切的同情。前二句突出描绘王忬的忠诚之心与浩然之气，松柏高列以喻其品质，风雨旌旄以显其忠魂。后二句犹有深意，言王忬之死非君王之本意而是奸臣所构陷。如此落笔既显作者忠厚之旨，而又为受害者之清白做出了最好的辩解，二者结合起来便构成其婉而多讽、意在言外的审美效果。如此构想与笔法，足显作者七言绝句所达到的高度。

王世贞

王世贞（1526—1590），字元美，号凤洲，又号弇州山人，太仓（今属江苏）人。嘉靖二十六年（1547）进士，曾任刑部主事、山东兵备副使等职，因其父王忬获罪被杀而解官。隆庆初年，其父之案得以平反，复起为大名兵备副使，先后任山西、湖广按察使、广西布政使、太仆寺卿等职，最后官至刑部尚书。著有《弇州山人四部稿》及《弇州山人续稿》。王世贞为复古派"后七子"领袖，为诗文力主秦汉盛唐，当时名气极大，尤其是李攀龙病逝后，独主文坛二十余年。其后期文论反对一味模仿古人，主张博采众长，善于变化。其学识渊博，才力雄健，因而在诗歌创作上所获成就比李攀龙更高。其诗风格以高华秀逸为主，然各体又自有特色，朱彝尊《静志居诗话》评曰："乐府变，奇奇正正，易陈为新，远非于鳞生吞活剥者比。七律高华，七绝典丽，亦未遽出于鳞下。"其缺点主要是驳杂不纯。

哭梁公实十首（其四）[1]

草色罗浮满[2]，茫茫不可寻。乾坤闻笛赋[3]，山水断弦心[4]。大业中途阻，雄才半陆沉[5]。呼儿检书札，读罢细沾襟。

注释

〔1〕本诗选自四库全书本《弇州四部稿》卷二十五，是作者对其诗友梁有誉的悼念之作。梁有誉（1521—1556），号兰汀，字公实，顺德（今属广东）人。嘉靖二十九年（1550）进士，授刑部主事，后因病归乡，病逝于家。他是"后七子"成员之一，著有《兰汀存稿》。

〔2〕罗浮：即罗浮山，在广东东江北岸，以风景优美著称。钱谦益《列朝诗集小传》丁集上记载，梁有誉曾经"与黎民表约游罗浮、观沧海日出。海飓大作，宿田舍者三夕，意尽赋诗而归，中寒病作，遂不起，年三十六"。

〔3〕笛赋：梁有誉有《霜夜楼中闻笛有感》（《兰汀存稿》卷二），为当时传诵名作，在此代指梁之诗作。又臧荣绪《晋书》与向秀《思旧赋序》均记嵇康死后，好友向秀过其旧庐，闻笛声嘹亮，触发对旧友的怀

念之情,乃作《思旧赋》。此处暗用此典,以抒发对挚友的深沉之思。

〔4〕"山水"句:《吕氏春秋·本味》:伯牙善弹琴,钟子期为知音。"钟子期死,伯牙破琴绝弦,终身不复鼓琴。"此处寓挚友逝去、悲伤难抑之情。

〔5〕陆沉:埋没,不为人知。

鉴赏

在本诗中,作者抒发了对好友梁有誉逝世的沉痛哀伤之情,及二人之间的深厚情谊,并进一步发出"雄才半陆沉"的感叹与不满。诗歌情感真挚,意境浑厚,寄意深远,是复古派作品中的佳作。"呼儿检书札,读罢细沾襟"具有意味深长的抒情效果。

登太白楼[1]

昔闻李供奉[2],长啸独登楼。此地一垂顾,高名百代留。白云海色曙[3],明月天门秋[4]。欲觅重来者[5],潺湲济水流[6]。

注释

〔1〕本诗选自《弇州四部稿》卷二十四。

〔2〕李供奉：即李白。其在天宝初年被唐玄宗召见，令其"供奉翰林"，后来便称其为李供奉。

〔3〕"白云"句：此处既是实指当时景色，也是再现李白诗境，李白《鲁郡东石门送杜二甫》："秋波落泗水，海色明徂徕。""海色"指将晓的天色。

〔4〕"明月"句：与上句用法同，李白《游泰山》："天门一长啸，万里清风来。"泰山有南、中、西数处天门，此处是泛指。

〔5〕觅：底本作"竟"，沈德潜《明诗别裁集》作"觅"，较胜。

〔6〕潺湲（chán yuán）：指水缓缓流动貌。济水：水名，发源于河南济源市王屋山，经山东与黄河并流入海。

鉴赏

本诗出自复古派领袖王世贞的笔下，所表现的是一种对于李白精神风采的仰慕与向往。其好处在于作者那种大处落笔，虚实结合的手法。前四句突出李白当年的风采：当年的李白独自一人登楼长啸，经他这一垂顾，这座楼便成为百代相传的名胜古迹。作者写李白的风采并不从具体事件入手，而是将其襟怀风度与太白楼同笔写出，从而显得既传神又精练。五、六句是虚实结合的写法：黎明曙光中白云飘动，明月当空时辽阔无际，这既是王世贞登楼时的所见景象，也是李白当年在山东时常常写到的诗境。也正是通过这种高远阔大的意境,将作者与李白的精神连接起来。最后两句是作者的深沉感叹:当其凭楼远望时,景依然是这样的景,楼还是同一座楼,但却再也没有李白那样的英豪来登临长啸,再也没有人能写出像李白那样意境高超的诗作了,所见到的,只有那日夜缓缓流动的济水,默默无言,长久不息。至此,一种向往、思慕、惆怅的复杂情感,便通过这一幅"潺湲济水流"的画面生动形象地表现出来。本诗充分说明王世贞在创作上深得唐人笔法,他不仅用笔灵活多变,而且决不直接将情写出,而是在叙事写景中寄寓情思,给人意味深长的审美享受。

寄家弟振美[1]

余昨冬北徂[2],弟寔送余江浒,恸哭而别。不谓区区尚存此生,然闻菟裘之地[3],荆棘多矣。书此志忆[4],且用相宽勉焉。

江头风色峭帆新[5],江雁衔芦来往频[6]。握手已非生别地,题诗还是暂时人[7]。天横北海书难信[8],日落吴门练未真[9]。俗敝汝曹无可却[10],时违豺虎即须亲[11]。

注释

〔1〕本诗选自《弇州四部稿》卷三十六，是写给族弟王振美的。

〔2〕徂（cú）：往。

〔3〕菟（tù）裘：古地名，在今山东省泗水县。《左传·隐公十年》："羽父请杀桓公，以求大宰。"公曰："为其少故也，吾将授之矣。使营菟裘，吾将老焉。"后用以指告老退隐的居处。宋陆游《暮秋遣兴》诗："买屋数间聊作戏，岂知真用作菟裘。"

〔4〕志：记也。

〔5〕峭帆：耸直的船帆。

〔6〕江雁衔芦：比喻书信往来。

〔7〕暂时人：短时尚存活之人。暂时，一时，短时间。南朝梁费昶《秋夜凉风起》诗："红颜本暂时，君还讵相及。"

〔8〕北海：原指苏武牧羊地，此泛指北方的最远处。信：让人相信。

〔9〕吴门：指苏州城。练：白色熟绢，常借以形容江水之清澈。南朝齐谢朓《晚登三山还望京邑》诗："澄江静如练。"

〔10〕无可却：无法回避。

〔11〕时违：时运不好。豺虎：凶残作恶之人。

> 鉴赏

　　本诗是作者寄族弟振美之作，情感真挚，语极感人，是王世贞诗中上乘之作。首联写景应为作者眼中所实见，船只往来不断，书信亦当频繁不断。次联则由往来之船只勾起对家弟之思念，并由此引起生离死别之感叹及眼前境遇恶劣之联想。第三联上句言在遥远的北方很难得到家乡书信，下句言自己已无法知晓故乡具体情况。尾联是对家弟的叮嘱：身处衰败世风中你们无可逃避，尤其目前身陷逆境之时，即使豺虎般的恶人也必须亲近。读此沉痛之语，则王世贞当处于其父被严嵩构陷之际。《明史》本传曾载："（世贞）与弟世懋日蒲伏嵩门，涕泣求贷。"诗中所言之事当指此。但此种情形又不止限于作者一人一家，"俗敝汝曹无可却，时违豺虎即须亲"，此乃晚明官场之普遍情形与士人之共同心理体验。身处乱世，坏人当道，活命是首选，否则即会被邪恶所吞噬。此虽为保身之设，实有讽世之效。

李于鳞罢官歌[1]

　　人间奇事竟何限，李生掉头西出关[2]。金鱼紫衫掷中道，曳耒长耕历下山[3]。巨灵高掌摁不住[4]，玉

明诗鉴赏

女嗡哆愁云鬟[5]。以东岳海奋生色[6]，星河错落雄其间。雕镂万象抉元气[7]，从此天公不得闲。词场雁行忝王李[8]，怅望逸翮胡由攀[9]？燕京冠盖但巇嵲[10]，狂夫往事犹能说。酒歌哀弦下风雨，剑舞急调排虹霓。谢榛十诗九不道[11]，布衣吾侪甘折节。凤凰池头失傲吏[12]，余子散作中原别[13]。已许骺髒骄青云[14]，复将飘零斗白雪[15]。虽其远游足畅意，五斗往往摧余舌[16]，呜呼李生太奇绝！赠生两丸弄千秋[17]，骑一黄鹤览九州[18]。君不见古来豪杰多自量[19]，屈宋焉敢兼巢由[20]！

注 释

〔1〕本诗选自《弇州四部稿》卷十八，乃是作者为好友李攀龙罢官归隐所作。当时王世贞任山东按察使司青州兵备副使，与李攀龙多有往来唱和。李攀龙是当时出名的狂士，高识自我，恃才傲物，对官场生活极不适应。他在顺德为知府时写有《郡斋》诗，其中有"世路悠悠几知己，风尘落落一狂生"之句，可谓是自我写照。在归隐前曾任陕西按察司提学副使，其同乡陕西巡抚殷学一再以上司的名义发檄文令其代写文章。李攀龙大怒，认为严重损害了自己的尊严，立即上疏辞官，并且不等批复即离任而去。回家乡后李攀龙在济南郊外三十里筑白雪楼以隐居读书著述，高吟"无那嵇生成懒慢，可

152

知陶令赋归来"(《白雪楼》)的诗句,可谓依然傲气十足。

〔2〕西出关:此处用老子典故。相传老子李耳为周朝史官,见周王朝将衰亡,即西出散关而离周。见《史记·老庄申韩列传》。李攀龙亦姓李,亦辞官,故用"西出关"以喻其辞官归隐。

〔3〕曳耒(yè lěi):拉犁。历下:古邑名,春秋、战国时齐地,在今山东济南市西,因南对历山,城在山下而得名。李攀龙系山东济南府历城县人,明代人亦称其为"历下"。

〔4〕巨灵高掌:巨灵是传说中劈开华山的河神。元张翥《题华山图》诗:"巨灵高掌削芙蓉,影落黄河一丝水。"

〔5〕玉女:传说中仙女。噏呓(xī yì):吃惊貌。云鬟:高耸之发髻。

〔6〕岳海:泰山与大海。岳本指名山"四岳"或"五岳",此处指东岳泰山。

〔7〕雕锼(sōu):刻意修饰文辞。抉:揭开,发露。

〔8〕忝:羞辱,有愧于,常用作谦词。王世贞此处言其与李攀龙并列文坛实在有愧。

〔9〕逸翮(hé):本指强健善飞之鸟翅,在此喻李攀龙高超之诗才。

〔10〕冠盖:指仕宦,贵官。巀嶭(jié niè):高耸貌。

〔11〕谢榛(1495—1575):字茂秦,号四溟山人,临清(今属山东)人。"后七子"成员之一。不道:本意为无道,胡作非为。此处言谢榛写诗多有瑕疵。

〔12〕凤凰池:禁苑中之池沼。魏晋南北朝时设中书省于禁苑,掌握机要,

接近皇帝，故称中书省为"凤凰池"。在此泛指朝廷。

〔13〕余子：指"后七子"其他成员。嘉靖三十二年（1551）至三十六年（1555）期间，王世贞、谢榛、梁有誉、宗臣、吴国伦、徐中行或因家事，或因出任地方官员，已无一人留京，故言"散作中原别"。

〔14〕骯髒（āng zǎng）：高亢刚直貌。青云：指宦途得志者。

〔15〕白雪：在此比喻高雅诗作。

〔16〕五斗：指俸禄。摧余舌：指不敢说话。在此化用陶潜不为五斗米折腰的典故，言自己由于还混迹于官场，所以往往不敢像李攀龙那样直率敢言。

〔17〕"赠生"句：此句用《庄子·徐无鬼》中典故："昔市南宜僚弄丸，而两家之难解。"弄丸本为古代抛丸不使落地的一种技艺，因庄子将其描绘为神技，故后来便借弄丸以喻娴熟巧妙，轻松不费气力。作者在此借以称赞李攀龙之高超作诗技巧。

〔18〕骑一黄鹤：即骑鹤，原指仙家、道士乘鹤云游，此处用以称赞李攀龙隐居出尘之志。

〔19〕自量：估计自己的才能与力量。

〔20〕屈宋：屈原与宋玉，指关心国事之人。巢由：巢父和许由的并称。相传二人皆尧时隐士，尧让位于二人，他们皆不接受。因用以指隐居不仕者。

鉴赏

本诗乃是对李攀龙高超诗才与狂傲个性的集中描绘,酣畅淋漓,神情兼备。全诗运用七言歌行开合变化的结构与善于铺叙的笔法,紧紧围绕一个"奇"字落笔。诗作用"人间奇事竟何限"起首,是拥有巨大包容性的古风开头。随之写其"金鱼紫衫掷中道,曳耒长耕历下山"的辞官归隐奇行。继而写其所处之"以东岳海奋生色,星河错落雄其间"的奇地奇景。然后追忆其在京城的狂傲以及"酒歌哀弦下风雨,剑舞急调排虹霓"的罕见诗才。最终则突出其在归隐后"已许骯髒骄青云,复将飘零斗白雪"的笑傲王侯之气度与高雅超然之情怀,并"呜呼李生太奇绝"回应开头,从而鲜明地体现了李攀龙的傲骨与诗才。此外,诗中作者还时时将自己与李攀龙对比,用"词场雁行忝王李,怅望逸翩胡由攀"来显示其对李攀龙的仰慕,用自己"五斗往往摧余舌"的犹豫谨慎来突出李攀龙"远游足畅意"的自由挥洒。而末尾"君不见古来豪杰多自量,屈宋焉敢兼巢由"的对比,既是对李攀龙辞官归隐的安慰与表彰,也是对自身未能步其后尘的解释与感叹,并为读者留下了很大的想象回味空间。由此诗所体现的才气与笔力,王世贞被时人推为文坛领袖绝非浪得虚名。

李 贽

　　李贽（1527—1602），字宏甫，号卓吾，又号温陵居士，泉州晋江（今福建泉州）人，明代杰出思想家与文学家。嘉靖三十一年（1552）中福建乡试举人，因家境贫寒，不再参加进士考试而直接入仕，先后做过教谕、礼部司务等中下级官员，最后官至云南姚安知府。万历八年（1580）辞官至湖北黄安耿家相聚讲学，后因与耿定向学术论争而关系破裂，迁至麻城龙湖芝佛院，并剃发以示与世俗决绝，继续著述讲学。万历三十年（1602）以"敢倡乱道，惑世诬民"罪名被朝廷逮捕，并最终在狱中自杀身亡。其诗文主要收于《焚书》《续焚书》中。李贽在文学思想上提倡"童心说"，强调思想情感的真实自然与艺术表现的流畅不拘。其诗歌创作情感充沛，表达自如，往往在诗中真实袒露自我，具有鲜明的个性色彩。

初到石湖[1]

　　皎皎空中石[2]，结茅俯青溪[3]。鱼游新月下，人在

李贽

小桥西。入室呼尊酒，游春信马蹄[4]。因依如可就[5]，筇竹正堪携[6]。

注释

[1] 本诗选自《焚书》卷六，大约作于李贽刚到芝佛院时，题目中所称"石湖"即龙湖，因该湖为石底而清澈，故又名石湖。李贽于万历十六年（1588）秋到龙湖，但诗中已有"逢春"之语，则显然已在此过了春季，而既言"初到"，又不可能太久，因此具体时间当是在万历十七年（1589）春。

[2] 皎皎：洁白貌。空中石：因潭为石底，水非常清澈，所以石头犹如在空中一样。

[3] "结茅"句：临着清澈的溪水而建造茅舍。

[4] 信马蹄：信，听任、任凭。信马蹄即任凭马随意所至。

[5] "因依"句：意为如果朋友可以前去拜访。因依，本意为依靠、依倚，此处引申为朋友、施主等意。

[6] 筇（qióng）竹：即筇都筇山所产之竹。由于其宜于作杖，所以便成为竹杖的称呼。

鉴赏

这首五律具有清新自然、空灵闲逸的风格。李贽在辞官后本来住在学友耿定向家中,与志趣相投的老二耿定理谈禅论道,非常融洽。万历十二年(1584)耿定理病逝后,其为学观念逐渐与耿定向产生分歧,耿定向因担心本家子弟受李贽禅学思想影响而妨碍其做官,故对李贽多方限制、劝说,甚至加以人身攻击,以致最后李贽不得不从耿家移至龙湖芝佛院中。但他也由此而得到了解脱,具有了肉体与心灵的自由自在,本诗正反映了他刚到龙湖时的生活情调与心理感受。在诗中,湖石、青溪、游鱼、新月、小桥诸般景物,构成了一幅安静悠闲的画面,作者置身其中,既可以饮酒,又可以游春;既适于携杖拜访朋友,又能够独立小桥观鱼而乐。整首诗情调自由随意,毫不勉强。"呼"显示出其无拘无束,"信"表现出悠然自得;而"如可就"与"正堪携"则透露出其无可无不可之随遇而安。而将这安静悠闲的画面与无可无不可的人生态度相合,正是南宗禅所追求的物我两忘的浑然境界,从而使本诗具有了与王维、苏轼的某些诗篇相同的超然审美境界。

汤显祖

汤显祖（1550—1617），字义仍，号海若、若士、清远道人等，临川（今属江西）人。早年颇有文名，因其正直自负的个性而在科举仕途上多次受挫，直至万历十一年（1583）才得中进士。曾任南京太常博士、南京礼部主事等职。万历十八年（1590）因上疏抨击时政而被贬为广东徐闻典史，后又迁遂昌县令，因不满官场混乱、政治黑暗而弃官归隐，家居而卒。汤显祖以创作戏曲剧本"临川四梦"而享誉文坛，在诗歌创作上也别具一格。钱谦益《列朝诗集小传》说他"少熟《文选》，中攻声律，四十以后，诗变而之香山、眉山"，亦即从六朝华丽到唐代格律谨严再到白、苏的晓畅平易。陈田《明诗纪事》说："义仍与袁中郎善，舍七子而另辟蹊径，趣向则一。"又将其归入性灵诗派。清人王夫之则认为汤诗有汉魏的雄浑而对其大为赞赏。这些说法均道出汤诗之一面，而贯穿汤诗始终的乃是重情的特征与突出的个性。有《汤显祖集》等。

明诗鉴赏

相如二首（其一）[1]

相如美词赋，气侠殊缤纷。汶山凤凰下[2]，琴心谁独闻[3]？阳昌与成都[4]，贵贱岂足分。《子虚》乃同时，飘然气凌云[5]。卧托文园终，不受世訾氛[6]。清晖缅难竟，遗书《封禅文》[7]。知音偶一时，千载为欣欣。上有汉武皇，下有卓文君。

注 释

〔1〕本诗选自徐朔方笺校《汤显祖诗文集》卷二十。

〔2〕汶（míng）山：即岷山，在四川境内。

〔3〕琴心：指司马相如以琴声挑动卓文君。《史记·司马相如传》："是时卓王孙有女文君新寡，好音，故相如缪与令相重，而以琴心挑之。"

〔4〕"阳昌"句：据《西京杂记》载，司马相如初与卓文君还成都，居贫愁懑，就将所穿鹔鹴裘于市人阳昌赊酒，逗卓文君开心。后卓文君哭泣说，我平生富贵，今日却要当衣裘来赊酒，于是就和司马相如商量到成都卖酒。卓王孙知道后，觉得不妥，就帮助卓文君成为富人。

〔5〕"《子虚》"二句：史载汉武帝读司马相如《子虚赋》后，以为是古

人所作，恨不得与之同时。又在读其《大人赋》后飘飘有凌云之志。此二句言相如以善赋而受到武帝青睐。

〔6〕"卧托"二句：司马相如曾出使巴蜀，回来后有人告发其受人财物，因被免官。后虽复为郎，但已深知仕途之险，常称病闲居于家。后又为文园令，掌管文帝陵园，是无足轻重的闲散职务。訾（zǐ），诋毁，指责。

〔7〕"清晖"二句：意谓相如为报答朝廷，便在死时留下了《封禅文》。《史记·司马相如列传》："长卿未死时，为一卷书，曰有使者来求书，奏之。"此一卷书即为《封禅书》。清晖，比喻君恩。缅，遥思的样子。竟，终了，完成。

鉴赏

　　本诗尽管是一首咏史诗，但其中却包括了作者本人的深沉感慨。作者之所以会对汉代文人司马相如大发感叹，其核心在于"相如美词赋，气侠殊缤纷"，即相如的善于辞赋使之声誉大振。随后作者精选两件相如一生所遭遇的大事：一是与卓文君的美满姻缘。卓文君之能够不弃贫贱，私奔相如，当然是倾慕其文采，从而成为两情相谐之千古美谈。二是汉武帝对相如之赏识。在此处，作者选用恨不同时与飘然凌云两个典故，除了表现与武帝的遇合外，也包含着相如自身的志得意满。"卧托文园终，不受世訾氛"一联言相如能够君恩不减，一

生安然。正是激于此种千古一遇的君臣相得，所以相如才会死不忘君，临终留下《封禅文》。最后四句是作者感叹，司马相如竟然能够集君臣遇合与红颜知己于一时，难怪会令人"千载为欣欣"了。汤显祖一生为情而呼喊，希望世间能成为一个有情之天下，为此他写下千古名剧《牡丹亭》。可现实中的他却屡遭无情打击迫害，所以在诗中才会尚友古人，感叹知己之难得。王夫之在《明诗评选》卷四中评此诗说："王季重讪公诗胎乳于六代，但此诗从季重索一六代语，得否？既不六代，亦不唐、宋，非汉人五言而何？"从情感的真挚，诗意的浑然，诗句的朴实来看，的确有汉魏五古的高古浑朴特征。

听说迎春歌[1]

帝里迎春春最近[2]，年少寻春春有分。可怜无分看春人，忽听春来闲借问。始知帘户即惊春，夹道妆楼相映新。楼前子弟多春目，楼上春人最著人[3]。

注　释

〔1〕本诗选自《汤显祖诗文集》卷七。

〔2〕帝里：此处指南京。明代有南北二都，南京为陪都。作者当时在

此任职。迎春：古代祭祀之一，在立春日天子率百官出东郊祭青帝，迎接春季到来。见《礼记·月令》。

〔3〕楼上春人：指楼上赏春的少女，与上句"子弟"相对而言。

鉴赏

王夫之在《明诗评选》中评此诗说："不知是姹女，是婴儿，是河车，但一片明窗尘耳。临川此种，直是绝人蹄扳。"就是说诗中所写的人与事均很难落实，所以也不必妄加猜测。他认为汤显祖所以如此写是因为不使他人逾越，其实情况远非如此简单。本诗采取了一种独特的叙述角度：从"听"来写迎春。也许现实中作者确实未能参与，也许只是艺术化的方法。但无论如何，这种写法所取得的效果都是有别于实写的，可以说化实为虚是本诗最突出的特色。他只写人们纷纷开户推窗的惊喜，夹道妆楼的焕然一新；只写楼下弟子的放光"春目"，楼上春人的招人眼目，甚至可以令人想象到弟子与春人的互送秋波。总之在春天的感召下，人们心情喜悦，情感振奋，充满了生机与活力。至于弟子为何人物，春人为何身份，则不必写出，为读者留下充分的想象空间，较之诗中说尽要更有力量。这种空灵的笔法与流畅的节奏相配合，的确颇有六朝初唐的韵味。

甲申见递北驿寺诗，多为故刘侍御台发愤者，附题其后[1]

江陵罢事刘郎出[2]，冠盖悲伤并一时[3]。为问辽阳严谴日[4]，几人曾作送行诗？

注释

〔1〕本诗选自《汤显祖诗文集》卷七。如诗题所示，本诗作于甲申，即万历十二年（1584），乃作者赴南京太常寺博士任途中所题于众人所作诗之后。刘侍御台即刘台。刘台字子畏，安福（今属江西）人。隆庆五年（1571）进士，授刑部主事。万历初为御史巡按辽东，因坐误奏捷而被首辅张居正拟旨严厉诘责。刘台于是又疑又怕，乃上疏数千言，劾张居正诸不法事，颇中其要害。张居正怒而将其捕至京师，廷杖至百，远戍浔州。后来刘台在戍主处饮酒，归而暴卒。此日张居正也以病逝。次年，朝廷诏复刘台官职，赠光禄大夫。

〔2〕江陵：指张居正，因其为湖北江陵人，故以地名代之。刘郎：即刘台。此句诗言张居正死而刘台得以平反。

〔3〕冠盖：指朝中官员。本句说许多官员纷纷对刘台之死题诗以表示同

情哀悼。

〔4〕辽阳：指刘台。因刘台曾任辽东巡抚，明人有以官职代人名的习惯，故称。

鉴赏

本诗的主旨在于讽世，诗中说张居正倒台后刘台得以平反，此时大家纷纷站出来题诗以表同情。可是当初刘台被无情谪戍之时，又有几个人出来为他作送行之诗？则众人之写诗动机便颇值得怀疑了。张居正刚死的几年，是倒张的运动高潮，其家不仅被籍没，而且许多当年趋奉张居正者也纷纷倒戈相向，急欲通过倒张获取政治资本。作者此诗正是对此而发，言外之意是，那些题诗者并非真正同情刘台而是别有所图，起码也是不痛不痒地空发议论而已。钱谦益《列朝诗集》载："先是过客题诗哀刘侍御者，遍满驿壁，义仍书此诗，后人笔遂绝。"可见此诗见解的深刻与力量的遒劲。陈田《明诗纪事》所录该诗略有出入，其曰："哀刘泣玉太淋漓，棋后何须更说棋。闻道辽阳生衅日，无人敢作送行诗。"意思更为显豁明白，但从诗的手法看，不如现存诗句含蓄有力。或者陈田所纪为诗之原稿，而今存之诗为改定稿亦有可能，诗人修改己作总是后出转精的。

袁宗道

袁宗道（1560—1600），字伯修，号玉蟠，公安（今属湖北）人，"公安派"成员之一，袁宏道之兄。万历十四年（1586）进士第一，授翰林院编修，后官至右庶子。袁宗道反对"后七子"拟古主张，论文主张先器识而后才艺。论诗于唐代学白居易，于宋代学苏轼，故名其书斋曰"白苏斋"。其诗歌风格也以平易真率为主调。有《白苏斋集》。

初晴即事三首（其一）[1]

晨风吹澹澹，檐日报新晴。尽启花开户，全收雨后清。沉烟留榧几[2]，竹色上楸枰[3]。自识斜川意[4]，虚名总不争。

注 释

〔1〕本诗选自钱伯城点校《白苏斋类集》卷四。

〔2〕榧（fěi）几：用榧木所做几案。《晋书·王羲之传》："尝诣门生家，

见棐几滑静,因书之,真草相半。"宋陆游《初夏》诗:"细锻诗联凭棐几,静思棋劫对楸枰。"此二例皆有幽静感,袁宗道或承其意。

〔3〕楸枰(qiū píng):用楸木所做之棋盘。

〔4〕斜川意:隐居不仕之人生志趣。晋陶潜《游斜川》诗:"开岁倏五十,吾生行归休。"此处意谓自己有效法渊明归隐之举。

鉴赏

本诗抒发了作者悠然脱俗的高雅情怀,是其诗作平易真率风格的典型体现。诗作前三联写景,用淡淡的晨风,新晴的檐日,笼烟的棐几,以及映染竹色的楸枰,构成一幅雨后花开的清新静谧画面。尾联识渊明之志趣,逃虚名于归隐的抒情,极为和谐地与前面写景融和起来,从而构成了一种清虚淡远的意境,寄托了作者超尘脱俗的高洁情怀。

将抵都门[1]

九年牛马走[2],强半住江乡[3]。狂态归仍作,学谦久渐忘。对人错尔汝[4],迎客倒衣裳[5]。只合寻鸥伴[6],谁令入鹭行[7]。

注释

〔1〕本诗选自《白苏斋类集》卷四。

〔2〕牛马走:像牛马般奔波劳碌,此处指在京城做官。

〔3〕"强半"句:江乡即作者之故乡,因其故乡公安紧临长江,故云江乡。作者于万历十四年(1586)中进士,于十七年(1589)归乡,与二弟谈学论道。二十六年(1598)再赴京师。故言"强半在江乡"。见袁中道《石浦先生传》。

〔4〕尔汝:彼此以尔和汝相称,表示亲昵。杜甫《醉时歌》:"忘形到尔汝,痛饮真吾师。"错尔汝,表示与人相处不依礼俗。

〔5〕衣裳:古时衣指上衣,裳指下裙。《诗经·齐风·东方未明》:"东方未明,颠倒衣裳。"毛传:"上曰衣,下曰裳。"

〔6〕鸥伴:与鸥鸟为伴,指隐居生活。

〔7〕鹭行:指朝官班次。又称鹭序,因白鹭群飞有序,故用以比喻朝官班次。

鉴赏

在袁氏三兄弟中,袁宗道以沉稳持重而著称,不像中郎的狂傲与小修的张扬,但在追求自我适意、个性自由方面,三人又颇为一致。本诗即表达了此种情怀。袁宗道虽不拒绝出仕,而且在官场中也没有遇到过太多麻烦,但依然过着亦官亦隐的生活,他虽入仕而大半在家乡逍遥论道的确是写实。当他再次要入都门回到官场时,这意味着他必须收拾起自己的疏狂放任的习性,进入官场的秩序规矩之中。可他显然并没有做好充分的心理准备,中间两联便是具体的描绘:狂态时常流露,谦恭久已忘记,对人直呼姓名,迎客倒穿衣裳,这一切都意味着极难适应官场的规矩习惯。于是在尾联发感叹说:我只应该去与自由闲散的鸥鸟作伴,谁让你错入这秩序井然的朝班呢?但他毕竟还要入朝班,所以只好留下十足的遗憾了。从艺术上看,本诗既对仗工整,却又流畅自然,稳健中透着潇洒,规矩下展现自由,与其个性极为一致。

袁宏道

袁宏道（1568—1610），字中郎，又字无学，号石公，又号六休，公安（今属湖北）人。万历二十年（1592）进士，先后任吴县知县、顺天教授、国子博士、吏部员外郎等职，四十三岁病逝于家乡。他是"公安派"领袖人物，在"三袁"中成就与影响都最大。受王阳明心学尤其是李贽思想影响，在文学上反对前后七子复古主张，提出"独抒性灵，不拘格套"的创作理论，其文学成就主要表现在小品文与诗歌创作上。其诗歌尽管有时显得浅露而缺乏深意，但能任性而发，不避俚俗，显得自由活泼、清新自然，具有独特的趣味与神韵。尤其是在《锦帆集》与《解脱集》中，仿效民歌体，大量吸收俗语入诗，率直浅易，清新活泼，形成了在当时影响甚大的"公安体"，被许多诗人所仿效。其小品文主要包括山水、尺牍与传记等，具有生动传神、活泼幽默特点。有《袁中郎全集》传世，今人钱伯城将其整理为《袁宏道集笺校》。

袁宏道

白铜儿[1]

白铜儿，白铜儿，闭眼不观书与诗。积玉辇金游帝里[2]，买得乌纱绣补衣[3]。归来白马吓儿童，黑纻满堂金字红[4]。炙牛锤马邀乡里，青丝华馆闹春风[5]。越女吴娃娇侍侧[6]，又欲凌空生羽翼[7]。房中素女术无成[8]，汞里金丹采不得[9]。洪都老道术最奇[10]，龙虎真人张天师[11]。宝箓一箱金百两[12]，牛头可作门前廝[13]。击大法锣鸣大鼓，百余道士挥白麈[14]。门外幡幢引雷公[15]，江上芙蓉灯竞吐[16]。后门逼债前门舍，乞儿歌郎趋满野。方士行来眼欲穿[17]，山僧醉后颜如赪[18]。儒生读书书总多，白发无官可奈何？生乏白金献天子，死无黄纸赂阎罗[19]。

注 释

〔1〕本诗选自《袁宏道集笺校》卷二，作于万历二十二年（1594），属于作者的早期作品。白铜儿：南朝梁歌谣名。《隋书·音乐志上》："初，武帝之在雍镇，有童谣云：'襄阳白铜蹄，反缚扬州儿。'识者言，白铜蹄谓马也，白，金色也。及义师之兴，实以铁骑，扬州之士，

171

皆面缚，果如谣言。故即位之后更造新声，帝自为之词三曲。"

〔2〕积玉辇（niǎn）金：积玉乃累金积玉之简化，形容财富极多；辇为搬运、运送，辇金即携带输送黄金。帝里：帝都、京都。

〔3〕乌纱绣补：乌纱即官帽；绣补指官服，当时官服前胸与后背缀有补子，用金丝或彩线绣成鸟兽图像，以区别官级高下，谓之绣补。

〔4〕黑纻（zhù）：黑色纻麻布衣。金字：此谓皇帝所写文字。

〔5〕青丝：青色丝绳的马缰。杜甫《青丝》诗："青丝白马谁家子，粗豪且逐风尘起。"其后常以"青丝白马"指代粗暴之徒。

〔6〕越女吴娃：吴越之地的美女。

〔7〕凌空生羽翼：在此指得道成仙。

〔8〕房中素女术：古代道士、方士以房中术求养生保气之法。

〔9〕汞里金丹：金丹指道士用金石丹砂烧炼而成的丹，认为服之可以成仙。因汞为道士炼丹的重要原料，故言"汞里金丹"。

〔10〕洪都：即今日之江西省南昌市。

〔11〕龙虎真人张天师：张天师指汉代道教首领张陵，陵后名道陵，好黄老之学，初行五斗米教，后被尊称为正一天师，又称龙虎真人，乃道教正一派之祖。后来民间也泛称张道陵及其后裔、门徒为张天师。

〔12〕宝箓：道家之符箓。

〔13〕牛头：佛教指地狱中的牛头鬼卒，在此指道士之装神弄鬼。

〔14〕白麈（zhǔ）：白色麈尾，即拂尘。

〔15〕幡幢（fān chuáng）：在此指佛教、道教所用旌旗。雷公：神话中管打雷的神。

〔16〕芙蓉灯：芙蓉即荷花，芙蓉灯即荷花形状的灯。

〔17〕方士：方术之士，古代自称能访仙炼丹以求长生不老之人。

〔18〕赪（chēng）：红色。

〔19〕黄纸：此处指用黄纸做成的纸钱，古代认为这种纸钱可在阴司使用。

鉴赏

《白铜儿》本是乐府旧题，作者在此仅是借题发挥而已。诗中讽刺了那些没有学问才气者的世俗丑态，他们利用"积金辇玉"的手段，买来官职以炫耀乡里，并渴望成仙得道，于是做出种种荒唐的举动。作品语言流畅，语气幽默，刻画形象而寓意明确，活泼自然而不流于浅薄。"儒生读书书总多，白发无官可奈何？生乏白金献天子，死无黄纸赂阎罗"的结尾，具有意在言外的讽喻意味，点出了朝廷的黑暗与社会的腐败，是乐府诗卒章显其志的典型写法。明清批评家多以为袁中郎写诗率意破体，是并不公允的看法。此诗既有"公安体"的幽默活泼，又有乐府诗的寓意深刻，代表了袁宏道诗歌体貌之另一端。

横 塘 渡[1]

横塘渡[2],临水步[3]。郎西来,妾东去[4]。妾非倡家人[5],红楼大姓妇。吹花误唾郎,感郎千金顾[6]。妾家住虹桥[7],朱门十字路。认取辛夷花[8],莫过杨梅树。

注 释

〔1〕本诗选自《袁宏道集笺校》卷八。

〔2〕横塘:在吴县(今苏州市吴中区)西南。

〔3〕水步:即水埠,水边用石块砌成供人洗涤或泊船的码头。

〔4〕妾:古代女子自称,在民歌中尤其多见。

〔5〕倡家:即娼家。

〔6〕"感郎"句:《乐府诗集》卷四五《碧玉歌》之二:"感郎千金意,惭无倾城色。"此句化用其意。顾,回视。

〔7〕虹桥:苏州石桥,在阊门之西。

〔8〕辛夷:香木名,又名木笔,开白花者名玉兰。

袁宏道

> 鉴赏

　　本诗描述的是一位女子在一个偶然的场合所遭遇到的一次爱情经历。她在横塘的水埠边与对面的一位男子擦肩而过。在吹花时偶然误唾了对方，引得那位男子回首相视。就在如此情景下，展开了对这位女子言行的种种刻画：她既担心对方将自己的行为视作轻浮举措，因而一再强调自己并不是低贱轻浮的娼家女子，而是深居红楼的贵族之妇，"唾郎"只不过是一个小小失误。但她又不能放弃对男子的好感，于是将责任推至对方身上，说自己的不能忘情于他是由于"郎"那珍贵的蓦然回顾。然后便大大方方地叮嘱对方：我就住在虹桥旁边，十字路口的朱红大门就是我家；你要认准门前有一株芳香的辛夷花，千万不要走过了那棵标志明显的杨梅树。诗作表现女子的爱情追求是大胆的，因为整首诗都是以女子口吻叙述的，则她的"唾郎"到底是误举还是有意也就很难判断了。尤其是在这偶然相遇中便把自己的住址明白无误地告诉对方，更给人一种爽朗开放的印象。但同时她又是机智的，她不仅向对方表白了自己高贵的身份，而且还巧妙地将自己的行为说成是误举，而把引起自己爱慕之情的责任推给对方，真是写活了这位女子狡黠之中透露出些许"无赖"的爱情行为。这样的场面本来是极其普通平凡的，但由于作者抓住了这位女子微妙的心理与大胆的个性，因而写来依然造成了活泼有趣的艺术效果。尤其是将这细腻优美的女子柔情，与水埠

虹桥的江南水乡风物结合起来，再加上通俗的口语，长短句相间的明快节奏，颇似南朝的民歌，给人一种清新美丽的审美享受。

山 阴 道 [1]

钱塘艳若花，山阴芊如草[2]。六朝以上人，不闻西湖好。平生王献之[3]，酷爱山阴道。彼此俱清奇，输他得名早。

注 释

〔1〕本诗选自《袁宏道集笺校》卷八，作于万历二十五年（1597）作者辞去吴县县令后，至杭州西湖、萧山、山阴、诸暨等地漫游山水，留下了大量的诗文作品，后结集为《解脱集》。

〔2〕芊（qiān）：苍翠、碧绿。

〔3〕王献之：东晋书法家，琅琊临沂（今属山东）人，后居会稽山阴（今浙江绍兴）。《世说新语·言语》曰："王子敬（献之）云：'从山阴道上行，山川自相映发，使人应接不暇。'"故下句言其"酷爱山阴道"。

鉴 赏

本诗是作者离开山阴至诸暨途中行于山阴道（在今浙江省绍兴

市西南郊外一带,历来以风景优美著称)上所作。诗中将山阴道与西湖作比,但不以景色描绘为重点,而是由景及人,抒发自我感想。有宋诗善议论之特点而又不平板迂腐,重在人生趣味的表现,从中显示出作者机智的灵性与幽默感,体现了性灵诗歌的独特个性。

得罢官报[1]

拟将心事寄乌藤[2],料得前身是老僧。病里望归如望赦,客中闻去似闻升。尊前浊酒憨憨醉[3],饱后青山慢慢登。南北宗乘参取尽,庞家别有一枝灯[4]。

注 释

〔1〕本诗选自《袁宏道集笺校》卷八,作于万历二十五年(1597)袁宏道辞去吴县县令时。

〔2〕乌藤:指藤杖。宋杨万里《十月四日小集戏成长句》:"诚斋老子不耐静,偶拄乌藤出苔径。"

〔3〕憨(hān)憨:痴呆貌。

〔4〕庞家:指庞蕴,唐代著名在家禅者,又称庞居士、庞翁。湖南衡阳人,世代业儒,后倾慕佛禅,因参谒石头希迁而悟佛法,后与许多

禅宗大师多有来往，有《庞居士语录》传世。一枝灯：灯在此指佛法，因佛教认为灯可指明破暗，故而用以喻佛法。一枝灯即一派之佛法。

鉴赏

本诗抒发袁宏道在闻知其辞职请求被朝廷批准之后的喜悦之情。作者在同时给《聂化南》的信中说："败却铁网，打破铜枷，走出刀山剑树，跳入清凉佛土，快活不可言，不可言。投冠数日，愈觉无官之妙。"其愉快自适之情溢于言表，可与此诗参看。诗中主要表现其欣喜之心情与卸任后之打算，寄心事于乌藤是漫游山水，料前身是僧为参禅了生命大事。正是有了这种个体生命解脱的追求，所以才会有"病里望归如望赦，客中闻去似闻升"的异于常人之心理感觉。后二联则是两种人生理想的具体展开：饮酒登山与参悟禅宗。全诗惟求达意，自抒性灵，真正体现了他"独抒性灵，不拘格套"的诗学主张，具有流畅明快的格调。

戏题飞来峰二首（其一）[1]

试问飞来峰，未飞在何处？人世多少尘，何事不飞去？高古而鲜妍，杨雄不能赋[2]。

袁宏道

注 释

〔1〕本诗选自《袁宏道集笺校》卷八。飞来峰：也称灵鹫峰，在杭州西湖西北，与灵隐寺隔溪相对，高二百余米。《咸淳临安志》卷二十三："晏元献公《舆地志》云：'晋咸和元年西天僧慧理登兹山，叹曰：此是天竺国灵鹫山之小岭，不知何年飞来。佛在世日，多为仙灵所隐，今此亦复尔邪？因挂锡造灵隐寺，号其峰曰飞来。'"

〔2〕杨雄：又作扬雄，字子云，蜀郡成都（今四川成都）人，汉代辞赋家。

鉴 赏

　　按袁宏道的广博学识，尤其是以其居士身份的禅学修养，他未必不知道杭州飞来峰之典故，可是他在本诗中却完全置此不顾，而是另辟蹊径，劈头便问：这飞来峰未飞之前在于何处？其实其中隐含着飞来峰为何要飞来之意。然后更突生奇想发问，人世间如此俗气污浊不堪，飞来峰你为何不飞走他处？这种种疑问里似乎不着边际，可依然寄托着袁宏道本人的主观情感，因为作者刚刚从疲惫俗气的吴县县令位置逃出来，犹如从火坑逃出而进入清凉佛国，所以当他看到这美丽的飞来峰时，不免产生为何飞到这俗气的人间而不飞去的念头。等自己的感慨发完了，才回过头来补上一句，这飞来峰既高古又鲜妍，就是杨雄那般的大辞赋家恐怕也描画不来。从艺

术上看，这是典型的袁中郎式的诗歌，论诗体，非古体非近体；论句式，非诗歌非散文；论格调，非唐体非宋体。尤其是从审美意象上讲，高古与鲜妍是很难协调一致的，可袁宏道并不管这些，他只就所见而写，凭感觉而写，而这正是其"独抒性灵，不拘格套"创作主张的最好体现。

显灵宫集诸公以城市山林为韵四首（其二）[1]

野花遮眼酒沾涕，塞耳愁听新朝事[2]。邸报束作一筐灰[3]，朝衣典与栽花市。新诗日日千余言，诗中无一忧民字。旁人道我真聩聩[4]，口不能答指山翠。自从老杜得诗名，忧君爱国成儿戏。言既无庸默不可[5]，阮家那得不沉醉[6]？眼底浓浓一杯春[7]，恸于洛阳年少泪[8]！

注 释

〔1〕本诗选自《袁宏道集笺校》卷十六，作于万历二十七年（1599）袁宏道在北京任顺天府教授时。当时朝政日非，边事日多，袁宏道等"公安派"成员深感苦闷，遂在京师结葡萄社以论诗谈禅。此次在显灵宫集会便是其中的一次。

〔2〕新朝事：新近朝中之事。

〔3〕邸报：中国古代报纸的通称。唐代地方长官在京师设邸，邸中传抄诏令、奏折等，以报于诸藩。后世亦泛指朝廷官报。束：聚集。

〔4〕聩（kuì）聩：昏聩糊涂。

〔5〕无庸：即无用。

〔6〕阮家：指晋人阮籍。《晋书·阮籍传》载："籍本有济世志，属魏晋之际，天下多故，名士少有全者，籍由是不与世事，遂酣饮为常。"

〔7〕一杯春：一杯酒。古人常以春名酒，故称。

〔8〕洛阳年少：指汉代贾谊。贾谊为洛阳人，二十余岁即为大中大夫，曾上《治安疏》言时政："可为痛哭者一，可为流涕者二，可为长太息者六。"

鉴赏

本诗表达了袁宏道对时事的关心与忧虑。整首诗充满了作者的郁闷与无奈，作者之饮酒赏花而无所作为，日吟千言而不涉民忧，并非他缺乏为官之责与忧民之心，而是当时举朝上下皆有苟安因循之心，而乏振作奋发之举。不少人形似慷慨激昂，指他人以不公，而实则因党争而发难，徇一己之私欲，于是忧君爱国反成儿戏。作者并非不想有所作为，但又言而无用；如果沉默不语，却又难以忍受，于是只有学阮籍借酒浇愁而已。可自己的苦心又有谁能理解，即使

向人表白真心又有何用？因此任凭他人指责其装聋作哑，也惟有手指青山而顾左右言他了。其实他内心的痛苦又何尝少于当年太息痛哭的贾谊呢！全诗风格形似幽默洒脱，实则深沉痛苦，可以说代表了当时正直文人的普遍心态：眼见朝政日非，而又无力回天。

登华六首（其二）[1]

瀑布声中洗面尘，洞花沚草自然春[2]。欲攀绝壁无根地，且趁孤云未老身[3]。堕险啼崖皆韵事[4]，倚松坐石想幽人。飞仙已蜕茅龙死[5]，留得青山一壑鳞[6]。

注 释

〔1〕本诗选自《袁宏道集笺校》卷五十，作于万历三十七年（1609）在陕西主乡试时。

〔2〕沚（zhǐ）草：水中小块陆地所生之草。沚乃水中小块陆地。

〔3〕孤云：在此指客居之人亦即作者。

〔4〕啼崖：身处悬崖而哭喊。

〔5〕茅龙：相传仙人所骑之神物。汉刘向《列仙传·呼子先》："呼子先者，汉中关下卜师也，老寿百余岁。临去，呼酒家老妪曰：'急装，当与

妪共应中陵王。'夜有仙人持二茅狗来至，呼子先。子先持一与酒家妪，得而骑之。乃龙也，上华阴山。"

〔6〕一壑鳞：在此指松树。

鉴赏

  袁宏道创作此诗时，已是晚年，诗歌风格也由早期的独抒性灵之轻快幽默转向工整浑厚，其弟袁中道曾评价其此时作品说："所著游记及诗，浑厚蕴藉，极一唱三叹之致，较前诸作，又进一格矣。"此诗便是这种风格的体现。全诗既自然清新，又工整浑厚。首联写瀑布之清冽，洞花沚草之生机盎然，给人以清新自然的感受。次联对仗工整而又流畅连贯，属于律诗中的流水对。第三联将"堕险啼崖"之危险视为"韵事"，而"倚松坐石"之寂静使之联想到隐居幽人，又隐然透露出其早年诗作中的趣味韵致。最后将满山嶙峋之松树喻之为飞仙所乘茅龙之蜕变，更是想象奇特，为诗作增加了神秘多彩的意味。这样的诗较之早年所作，更为含蓄蕴藉，已近唐人风韵。

袁中道

袁中道（1570—1623），字小修，晚年自号凫隐居士，公安（今属湖北）人，"公安派"成员之一，袁宏道之弟。万历四十四年（1616）进士，官至南京礼部主事。袁中道论诗以抒发自我性灵为核心，主张自然流畅的风格。袁宏道在《叙小修诗》中称道其诗："大都独抒性灵，不拘格套，非从自己胸臆流出，不肯下笔。"其创作成就比不上袁宏道，其佳作有清新自然之风，而亦时有浅白平易之失。有《珂雪斋集》。

听 泉（二首）[1]

其 一

一月在寒松，两山如昼朗。欣然起成行，树影写石上。独立巉岩间[2]，侧耳听泉响。远听语犹微，近听涛渐长。忽然发大声，天地皆萧爽[3]。清韵入肺肝，濯我十年想[4]。

其 二

山白鸟忽鸣[5],石冷霜欲结。流泉得月光,化为一溪雪。月色入水滑,水纹带月洁。疾流与石争,山川为震裂。安得一生听,长使耳根悦。

注 释

〔1〕此二诗选自钱伯城点校《珂雪斋集》卷三。

〔2〕巉(chán)岩:险峻的山石。

〔3〕萧爽:萧洒爽朗。

〔4〕濯(zhuó):洗。

〔5〕山白:因月光相照而山中如同白昼。鸟忽鸣:即被山中之明朗所惊而鸣叫。

鉴赏

作者在诗中写山中月光之洁白清冷,以寄托清高自然之趣。诗题虽为"听泉",但其妙处却在于能够将对泉水的视觉与听觉紧密结合起来予以描写,从而收到了可感可触的真切效果。第一首以听觉为主而以视觉为辅,前四句以松写月,为听泉勾画出一个空旷清静的环境。然后写由远而近的听觉效果,意在突出泉水清爽天地、洗濯肺肝之陶

冶功能。第二首以视觉为主而以听觉为辅。前六句写视觉：第一句化用王维《鸟鸣涧》"月出惊山鸟，时鸣深涧中"之诗意，意在显月光之皎洁；第二句以触觉写视觉，白色的月光洒落在石上泛起清冷之光，犹如凝结的霜花；第三、四句由石上而移至水中，言月光照耀在水中犹如银光闪烁之白雪，不仅进一步加强白色的视觉，而且照应了前一句"霜"之意象；第五、六句则以"水纹"之"滑"再写"洁"之视觉，而且又由动感向听觉过渡。然后顺势推出七、八句的水石相激、山川震裂的听觉效果。如此则一视一听，一静一动，既相互补充又相互烘托，由白而明，由明而静，由静而听，从而显示了"听泉"的效果。最后两句则是收束全篇，既写其心情之愉悦，又写出泉水之动听。

张 相 坟 [1]

牛眠童起嬉，共捽石人耳[2]。竖子莫狂喧[3]，江陵公在此[4]。

注 释

〔1〕本诗选自《珂雪斋集》卷七。

〔2〕捽（zuó）：揪。

〔3〕竖子：本为对人之鄙称，犹言"小子"。此处是对童子之喝斥。
〔4〕江陵公：指张居正。张居正，明代江陵（今属湖北）人，字叔大，号太岳。嘉靖间进士，万历前期为首辅大学士，执政十年，大力推行改革，整饬吏治，综核名实，推行诸多新法，使国库渐充，内外安宁。然亦致使物议飞腾，多以为刻厉操切。万历十年（1582）病卒，死后被朝廷抄家籍没。张居正生前曾进太师、太傅，位至三公，又因其为江陵人，故称江陵公。

鉴赏

　　袁中道的五绝一向被认为是其成就最高的诗体，本诗即为有代表性的诗作。诗作在形式上似乎直白通俗，有类于民谣，其实却饱含着深沉的历史沧桑感。这种历史沧桑感是由当时的内阁首辅大臣张居正生前与死后之巨大反差所烘托出来的。诗的前两句写其死后，牧童在牛眠后一起揪抓坟前石人耳朵以为游戏，可谓一语道尽了这位生前地位显赫的权臣死后之落寞与凄凉。后两句则写其生前，尽管我们不能指实诗中叙述人便是作者袁中道，但从对"竖子"呵斥的语气里，能够明白其上代人的身份，"竖子莫狂喧，江陵公在此"，既写出江陵公之余威犹在，更写出了那一代人之心有余悸。但随着历史迁转，岁月流逝，新一代已对江陵公之显赫威严恍如隔世。没有永保的权势，没有永恒的威名，哪怕是雕成石人也不能。孩童对石人之戏弄就是对权威的无视与嘲弄。

钟 惺

　　钟惺（1574—1625），字伯敬，号退谷，竟陵（今湖北天门）人。万历三十八年（1610）进士，授行人。先后任南京礼部祠祭主事、仪制郎中、福建提学佥事等职。天启三年（1623）因父丧而归，卒于家。有《隐秀轩集》。钟惺身处晚明腐败混乱的官场，郁郁而不得志，遂形成其严冷孤傲的性格，并影响其诗文创作。他与谭元春是"竟陵派"首领，不满于七子的拟古与"公安派"的浅俗，并希望以幽深孤峭的风格以矫正之。其诗文尽管有局促奥涩之弊，受到后世许多人批评攻讦，但也确实显示了有别于他人的独特风格。其小品文精于构思，讲究运笔，字锤句炼。其诗作后世争议颇多，钱谦益等人咒骂其诗为"鬼趣""兵象"，现代学者则多指责其取径狭窄而格调清苦。陈田《明诗纪事》曰："伯敬苦心吟事，雕镂镌削，不遗余力。五古游览之篇，犹有佳作；近体力矫王、李之弊，舍崇旷而入莽榛，薄亮音而秒细响，所谓以小智破大道者也。"可代表一般人之评价。以实而论，"竟陵派"之诗确有因奇字险韵而显幽深孤峭之弊病，但亦有冷隽清幽之佳作。

钟惺

邸　报[1]

曰余生也晚，前事未睹记。矧乃处下流[2]，朝章非所识[3]。三十余年中，局面往往异。冰山往崔嵬[4]，谁肯施螳臂[5]？片字犯鳞甲[6]，万里御魑魅[7]。目前祸堪怵，身后名难计。迩者增谏员[8]，韬铎略已备[9]。褒诛两不闻，人人争慕义。请剑等寻常，折槛何容易[10]？撩须料不咥[11]，探颔何须睡[12]？众响忽如一，一辞申数四。己酉王正月[13]，邮书前后至[14]。数十万余言，两三月中事。野人得寓目[15]，吐舌叹且悸。耳目化齿牙[16]，世界成骂詈[17]。哓哓自哓哓，愦愦终愦愦[18]。雄主妙伸缩，宽容寓裁制。并废或两存，喧墨无二视[19]。下亦复何名，上亦复何利？议异反为同，途开恐成闭。机彀有倚伏[20]，此患或不细。遘此不讳朝[21]，杞人弥忧畏[22]。

注　释

〔1〕本诗选自《隐秀轩集》卷二，作于万历三十七年（1609），作者此时还没有中进士进入官场，但却已经对朝廷状况产生了深深的忧虑。

〔2〕矧（shěn）：况且。下流：低微之地位，此时作者尚未中进士为官，故称"下流"。

〔3〕朝章：朝廷典章。

〔4〕冰山：在此比喻张居正为首辅之朝廷。崔嵬（wéi）：高耸，高大。

〔5〕螳臂：螳臂当车之缩简，比喻自不量力而招致失败。

〔6〕鳞甲：本指鳞介类鳞片与甲壳，用以喻人机心深峻，不可逆犯。

〔7〕魑魅（chí mèi）：指山林中害人的鬼怪。

〔8〕迩者：近来。谏员：负谏诤之责的官员。此处指各部侍郎。

〔9〕鞉铎（táo duó）：鼗鼓和木铎，古时察贤和征询民意时用。

〔10〕"请剑"二句：请剑、折槛语出《汉书·朱云传》：朱云朝见汉成帝，请赐剑以斩佞臣安昌侯张禹。成帝大怒，命将朱云拉下斩首。朱云手攀殿槛，抗声不止，槛为之折。后以"请剑""攀槛"作为忠直敢谏、请诛奸佞之典故。此句意为向皇帝提出抗议容易，却难以激怒皇帝而遭受处置。

〔11〕撩须：撩虎须之缩简，此处指冒犯皇帝。不咥（dié）：不被咬。

〔12〕探颔：即探龙颔，比喻冒犯君威。何须睡：不必等其睡去。意谓皇帝难以被激怒。

〔13〕己酉：万历三十七年。

〔14〕邮书：本指邮寄之书信，此处指邸报。

〔15〕野人：无官位之平民，即前边所言"下流"，乃作者自称。

〔16〕耳目：比喻朝廷科道官员本来应是皇帝亲信，负责为朝廷了解民情。齿牙：在此比喻斥责朝廷者。

〔17〕詈（lì）：责骂。

〔18〕"嚣（xiāo）嚣"二句：嚣嚣，乱嚷乱叫。愦（kuì）愦，昏庸糊涂。嚣嚣指臣下，愦愦指皇帝。

〔19〕"并废"二句：对于臣子的争吵，或者他们同时贬官，或者都置之不理，不管你是批评朝政还是默默无闻，也都不加区别对待。墨，同"默"。

〔20〕机彀（gòu）：机关，圈套。倚伏：依托隐藏。

〔21〕遘（gòu）：遇到。不讳朝：可以直言不讳之朝代。

〔22〕杞人：杞国之人，指无端忧虑之人。弥：更加。

鉴赏

本诗是一首记录时事的作品。明神宗万历三十七年（1609），乃是一个多事之秋，皇帝此时已多年不上朝，太子也有五年没人上课。而当时言路官员更是相互攻击，言官王元翰与陈治纷争不已，部院大臣建议朝廷将其均加治罪。都察院与刑部已有许多官位空缺，以致官吏无人考察，犯人无人审问，首辅叶向高请求皇上立即补官。但无论是朝中缺官、大臣争吵，还是臣子们对皇帝的批评不满，万历皇帝一律将其奏折"留中"不发，亦即不予理睬，于是整个朝廷此时几乎陷入瘫痪状态。钟惺作为一位正在备考的举子，对此产生了深深的忧虑。

他对比了三十年间朝政的变化,张居正当国时的严厉与目前的涣散。当年张居正犹如一座高大的冰山,没人敢于轻易冒犯,因为"片字犯鳞甲,万里御魑魅",谁敢拿其生命官位开玩笑。今天的确是宽松多了,言官增多了,大家都敢说话了,每位臣子似乎都有胆量向皇帝提建议,进忠言,甚至批龙鳞,捋虎须。但由于是"褒诛两不闻"的置之不理,所以鼓动起了"人人争慕义"的大胆举动,则结果必然是"哓哓自哓哓,愤愤终愤愤",无论你如何呼喊劝谏,皇上依然昏庸糊涂,朝廷遂成为一个"骂詈"的世界。作者看到了皇帝的用心,认为他这种"并废或两存,喧墨无二视"的做法,乃是其"宽容寓裁制"的驭臣之术,以其消极怠工来对付臣子的批评吵闹。但作者认为此中隐藏着巨大的祸患,因为这可能会失去人心,失去士气,从而导致"途开恐成闭"的可怕后果。作者自称"杞人",但其担心却绝非多余,后来历史的发展证实了他推断的正确。本诗为五言古体,没有意境的构造与形象的描绘,但由于作者眼光的敏锐,情感的真挚,读来依然深刻感人,直可作为万历朝后期的史诗予以阅览。

邺 中 歌 [1]

城则邺城水漳水[2],定有异人从此起。雄谋韵事与文心，君臣兄弟而父子[3]。英雄未有俗胸中，出没岂随人眼底？功首罪魁非两人，遗臭流芳本一身。文章有神霸有气，岂能苟尔化为尘？横流筑台拒太行[4]，气与理势相低昂。安有斯人不作逆，小不为霸大不王？霸王降作儿女鸣，无可奈何中不平。向帐明知非有益，分香未可谓无情[5]。呜呼古人作事无巨细，寂寞豪华皆有意。书生轻议冢中人，冢中笑尔书生气。

注释

〔1〕本诗选自《隐秀轩集》卷二。

〔2〕邺城：邺本为春秋齐桓公所筑，东汉建安十八年（213）曹操为魏公，定都于此。有南北二城相连，北城曹操因旧城增筑，东西七里，南北五里，北临漳水，城西北隅自北而南列峙冰井、铜雀、金凤三台。诗中所言应为北城。

〔3〕"雄谋"二句：指曹操和其子曹丕、曹植等人的雄才伟略，既能平定群雄，又能横槊赋诗。

〔4〕横流筑台：此处指曹操筑铜雀等台。汉末建安十五年（210）冬，曹操在漳水边筑铜雀台，周围殿屋一百二十间，高彻云汉，铸大铜雀置于楼顶，舒翼奋尾，势若飞动，故名铜雀台。

〔5〕"向帐"二句：郭茂倩《乐府诗集·相和歌辞·铜雀台》题解曰："魏

武帝遗命诸子曰：'吾死之后，葬于邺之西岗上，与西门豹祠相近，无藏金玉珠宝。余香可分诸夫人，不命祭吾。妾与伎人皆著铜雀台，台上施六尺床，下繐帐，朝晡上酒脯糗之属。每月朝十五，辄向帐前作伎。汝等时登台，望吾西陵墓田'。"向帐"当指曹操令伎妾每月十五登铜雀台奏乐等事。"分香"则能看出曹操对其伎妾有恋念之情。

鉴赏

　　本诗是一首以咏史为题旨的七言古风，所咏人物为三国的曹操。曹操是一位有争议的历史人物，特别是从宋代以来，由于理学家对正统的强调以及贬低曹操的小说《三国志演义》之流行，曹操几乎成为尽人皆知的奸雄代表。本诗则从几个不同角度，对此一人物重新予以定位。全诗围绕"雄谋韵事与文心"三个方面对其展开叙述，认为出生在那样一个时代而又是那样有大志的豪杰，在"气与理势相低昂"作用下，自然会具备"文章有神霸有气"的不同凡响。无论后人是毁是誉，都不影响其显赫名声，所谓"功首罪魁非两人，遗臭流芳本一身"。在作者看来，曹操不仅拥有英雄之气，亦兼有儿女之情，在其所留下的诸多"韵事"中，既有纳张济之妻的荒唐失算，亦有为妻妾分香的殷殷深情。总之，曹操无论做什么事，都不会依照众人眼中的标准而只遵从自我之意愿。后世儒生总是用忠奸的道德标准去评价已逝的曹操，但如果曹操有灵，则是否会反过来嘲笑后人的书生之气？好的咏史诗理应在史实基础上议论深刻，发人深省，并有可供读者回味之余地。本诗庶几达此标准，至今仍不失为有趣的见解。"书生轻议冢中人，冢中笑尔书生气"，对于伟大历史人物的轻薄与妄议，永远会显示出自己的渺小与无知！

秋 海 棠[1]

墙壁固我分，烟霞亦是恩。光轻偏到蒂，命薄幸余根。笑泣谁能喻，荣衰不敢论。年年秋色下，幽独自相存。

注释

〔1〕本诗选自《隐秀轩集》卷八。

鉴赏

这是较能体现钟惺诗歌幽深风格的一首五言律诗。其主旨是末句之"幽独自相存"，欲独相存则须能"幽"，即耐得寂寞与孤独。前面三联均为此而展开：首联为守"分"，有了守分之准备，则生于墙壁下是当然，领受烟霞是恩泽。光能照蒂，尚可余根，已为幸事，更待何求？荣衰任天，且莫理论，这是中间两联的守分。惟能如此，方能于秋色下幽独自存。是咏物，也是自志。幽人对幽花，遂成其幽清之风格。

秣陵桃叶歌（其二）[1]

女儿十五未知羞[2]，市上门前作伴游。今日相邀伴不出，郎家昨送玉搔头[3]。

注释

〔1〕本诗选自《隐秀轩集》卷八。原诗前有小序曰："予初适金陵，游止不过两三月，采俗观风十不得五。就闻见记忆，杂录成歌。此地故有桃叶渡，借以命名，取夫俚而真，质而谐，犹云《柳枝》《竹枝》之类，聊资鼓掌云尔。"可知是作者有意模仿民歌而成。原诗共八首，此为第二首。

〔2〕十五：古代女子待嫁之年龄。《穀梁传·文公十二年》："女子十五而许嫁，二十而嫁。"

〔3〕玉搔头：玉簪。此指郎所行定亲之礼。

钟惺

鉴赏

　　本诗之好处不仅在于语言流畅，节奏和谐，更在于写出了女子大胆纯真的情感与喜悦炫耀的神态。首句用"女儿十五未知羞"领起，既是为结伴出游做铺垫，更是为三、四句埋伏笔。第三句重在一"佯"字，此女子并非不欲再结伴出游，而是以"佯不出"说出家居因由，即郎家已送来定亲之礼玉搔头。名为拒绝，实为炫耀，得意之情溢于言表。而如此大胆炫耀，实因"女儿十五未知羞"也。憨态可喜，真情可贵！

谭元春

　　谭元春(1586—1637),字友夏,号鹄湾,竟陵(今湖北天门)人,"竟陵派"代表人物之一,与钟惺齐名,世称"钟谭"。天启七年(1627)应乡试第一,崇祯十年(1637)赴京应进士试,病逝于途中旅舍。其论诗主性灵而倡幽深孤峭,与钟惺合选《诗归》。其诗作佳者工巧而多灵趣,然亦多有冷僻艰涩之弊。有《谭友夏合集》。

瓶　梅[1]

　　入瓶过十日,愁落幸开迟。不借东风发,全无夜雨欺。香来清净里,韵在寂寥时。绝胜山中树,游人或未知。

注释

〔1〕本诗选自陈杏珍标校《谭元春集》卷五。

鉴赏

　　本诗通过咏瓶中之梅而寄托了作者清幽独立的品格,并典型地体现了竟陵诗风。该诗之巧处在于其一反钟、谭多喜写山中水滨清幽的一贯笔法，转而写瓶中之梅，但其审美主旨则并无变化，依然是突出梅之清净、寂寥的神韵，而且更有独立的精神，因为它不借东风而发，没有风雨来欺，更没有任何闲杂人等前来烦扰。本来山中之树已远离世俗，但却依然躲不过附庸风雅之游客的吵闹，不像瓶梅那样，连游人亦难知晓。这才是真幽，才是真静，也才是真雅。这犹如钟惺之咏夏梅，本来梅应开于冬日，但由于群趋于冬，则也不免有追求时髦之弊，反倒不如夏梅具有自我之幽独品格。

落　花 [1]

红白无声下径迟，因风荡入柳边池。园中小鸟怜春色，几欲衔来再上枝。

注释

〔1〕本诗选自《谭元春集》卷十。

鉴赏

"竟陵派"一向以幽深孤峭的清冷风格著称，笔下很少有活泼

的笔调与欢快的场面。但本诗却颇为例外，作者以轻柔的笔调描绘出春日的生机。首句一个"迟"字，透露出红白花朵不情愿飘落的惜春之情，但最终依然被风吹入柳边池塘之中。这是抑，似乎立即要转入竟陵惯常的清冷哀怨诗境。后二句突然一扬，那多情的小鸟似乎也不愿让春色离去，反复想要衔来凋落之花瓣将其重新按上枝头。其实与其说是小鸟，倒不如说是作者拥有浓厚的恋春之心。

陈子龙

陈子龙（1608—1647），字卧子，号大樽，松江华亭（今上海市松江区）人。崇祯十年（1637）进士，选绍兴推官，进兵科给事中。见朝廷腐败，辞职还乡，与夏允彝结几社以振作士气。清兵攻陷南京后，在故乡起兵抗清，失败后又暗中联络太湖义军，继续其抗清事业。顺治四年（1647）在苏州被捕，乘间投水而死。有《陈忠裕公全集》传世。陈子龙是明末诗坛最有成就的作家之一，论诗主张继承前后七子复古传统，强调效法汉魏盛唐，同时亦多抒发忧时托志的用世之作。其早期作品讲究辞采，尤喜拟古乐府；后期更加关注现实，多有感慨时事之作，内容充实丰满，风格苍凉悲壮。陈田《明诗纪事》曰："忠裕虽续何、李、李、王之绪，自为一格，有齐梁之丽藻，兼盛唐之格调。早岁少过浮艳，中年骨干老成，殿残明一代诗，当首屈一指。"评价可谓公允。

小 车 行 [1]

小车班班黄尘晚 [2]，夫为推，妇为挽 [3]。出门茫然

何所之[4]？青青者榆疗我饥[5]，愿得乐土共哺糜[6]。风吹黄蒿，望见垣堵[7]，中有主人当饲汝[8]。叩门无人室无釜[9]，踯躅空巷泪如雨[10]。

注 释

〔1〕本诗选自施蛰存、马祖熙标校《陈子龙诗集》卷三，作于崇祯十年（1637）。

〔2〕小车：即独轮车，北方称为小车。班班：车行之声。

〔3〕挽：牵拉的意思。

〔4〕之：去、往的意思。

〔5〕疗我饥：亦即充饥。

〔6〕"愿得"句：本句多有融化前人诗句。乐土，安乐之地。《诗经·魏风·硕鼠》："逝将去女，适彼乐土。"共哺糜（bǔ mí）：一起喝粥。汉乐府《东门行》："他家但愿富贵，贱妾与君共铺糜。""铺"同"哺"。

〔7〕垣堵：即屋墙。

〔8〕饲汝：给你吃。

〔9〕釜（fǔ）：铁锅。

〔10〕踯躅（zhí zhú）：徘徊不前。

陈子龙

> 鉴赏

　　本诗是陈子龙诗作的名篇。首先是作者善于吸取乐府诗的长处，选取一个典型事件，抓住一个特写镜头，从而给读者以具体深刻的印象。本诗对明末百姓的流离失所并未作全面描述，它显示的只是一对夫妇的具体画面，但给人的印象却是极为鲜明的。其次是作者善于抓住人物心理与神态进行深入细致地刻画，从而取得形象传神的艺术效果。作者先写他们心中茫然、无路可走之神态；然后写他们以青榆充饥、一起喝粥之最低希望；再写他们在绝望之中突然萌生一丝希望之喜悦：风吹草低，露出房屋的土墙，室内主人应当会给我们东西吃；最后写其失望痛苦、不知所从之悲伤心情：原来是座空房，既无主人，也无锅灶，希望转瞬变成更大的失望。通过此种大起大落之心理变化的描写，便将饥民之真实情状表现得深刻入微。再次，作者在色调配置上也非常讲究，因为作品要表现灾民饥饿之惨状，所以为诗作设置了黄色背景：天空中飞扬的是黄尘，晚风吹动的是黄蒿，黄蒿中显露的土墙虽未明写色调，但无疑也是黄色。这黄色的背景与"班班"的小车之声相配，再加上丈夫后推与妻子前拉的造型，以及黄昏的时间与残破无人的空荡村落，都为表现主人公凄伤绝望的心情做出了有力的烘托，使整首诗情景交融，浑然一体，成为一首不可多得的名篇。

秋日杂感（其二）[1]

行吟坐啸独悲秋，海雾江云引暮愁。不信有天常似醉[2]，最怜无地可埋忧。荒荒葵井多新鬼[3]，寂寂瓜田识故侯[4]。见说五湖供饮马[5]，沧浪何处着渔舟[6]？

注释

〔1〕本诗选自《陈子龙诗集》卷十五，作于清顺治三年（1646）。原诗共七律十首，此为第二首。原题注曰"客吴中作"。

〔2〕有天常似醉：比喻时局混乱。

〔3〕葵井：指战乱后城市村落之荒凉，语出梁代诗人何逊《行经范仆射故宅》诗："旅葵应蔓井，荒藤已上扉。"

〔4〕瓜田识故侯：秦朝灭亡后，东陵侯邵平隐居于长安城东，以种瓜为生，史称"瓜田故侯"，见《史记·萧相国世家》。此处指明朝遗老贵族隐居田野的落魄情状。

〔5〕见说：听说。五湖：关于古代吴越地区之五湖有诸多不同说法，根据作者当时所处之具体情况，应指太湖及附近四湖。供饮马：指被清军占领。

〔6〕沧浪：江湖。着渔舟：指隐身之地。

鉴赏

　　这是一首抒发作者悲愤之情的诗作。当时陈子龙在松江、太湖等地抗清失败，避居于吴中（今苏州一带），眼见复国无望，心中苦闷，诗作正抒发了作者意欲复国而又事不可为的复杂情感。全诗直抒胸臆，沉雄悲壮，既对仗工整，又情感充沛，典型地代表着其后期的诗风。

山中晓行 [1]

　　夕宿青冥里 [2]，晨驱翠霭旁 [3]。卷旗千嶂月 [4]，吹角万山霜。虎啸阴崖黑，鸡鸣曙海黄。无因愁予马，侧足此高岗 [5]。

注释

　〔1〕本诗选自《陈子龙诗集》卷十二。

　〔2〕青冥：青苍幽远，此处形容山峰之高入云端。

　〔3〕翠霭（ǎi）：青色之云气。

〔4〕千嶂：嶂，耸立如屏障之山峰；千嶂，重重叠叠的陡峭山峰。

〔5〕侧足：立足于不安稳之地。

鉴赏

本诗写作者拂晓之时行于山中的景色与感受。境界雄浑阔大，格调悲壮苍凉。尤其是尾联，以愁马之侧足高岗凸显山势之高耸险要，而又丝毫无损作者豪迈之气，反倒更增其壁立千仞之伟岸形象，乃是可遇而不可求的神来之笔。

重游弇园 [1]

放艇春寒岛屿深，弇山花木正萧森[2]。左徒旧宅犹兰囿[3]，中散荒园尚竹林[4]。十二敦槃谁狎主[5]？三千宾客半知音[6]。风流摇落无人继，独立苍茫异代心。

注 释

〔1〕本诗选自《陈子龙诗集》卷十四，作于崇祯十一年（1638）作者重游弇园之时。弇园：又称弇山园、弇山。明人王世贞所筑，在今江苏太仓市隆福寺西，极亭池花卉之盛。

〔2〕萧森：草木凋零衰败貌。

〔3〕左徒：本指屈原，因其曾为楚怀王左徒。此处代指王世贞。兰囿：种植兰蕙之园囿，在此代指弇园中之花圃。

〔4〕中散：本指嵇康，因其曾任中散大夫。此处亦代指王世贞。竹林：因嵇康曾与当时六位名士常集竹林之中，故称"竹林七贤"。在此既是对中散之呼应，亦兼指弇园中之竹林。

〔5〕十二敦槃（pán）：敦槃皆木制而玉饰，用以盛祭祀食品。十二敦槃是古代天子会盟诸侯时所用礼器，在此代指文坛盟主地位。狎主：交替主持。

〔6〕三千宾客：本指战国时楚魏等国贵族所养食客，此处用以比喻王世贞追随者之众。《明史·王世贞传》载："世贞始与李攀龙狎主文盟，攀龙殁，独操柄二十年。才最高，地望最显，声华意气笼盖海内。一时士大夫及山人、词客、衲子、羽流，莫不奔走门下。"

鉴赏

陈子龙是明末复古诗风的追求者，对前后七子极为推崇，尤其是对王世贞，无论是其乡缘、才气、地位、声望，都更容易引起作者的敬仰之情，所以才会一再至弇园游历。本诗的主旨便在于通过对弇园景物遗迹的描绘来抒发作者对王世贞的仰慕与盛况不再的悲凉境况之感叹。首联以春寒岛深与萧森花木之景物描绘营造出一种凄凉氛围。中二联则睹物思人,看到园中之花圃竹林,不免追忆起王世贞当年狎主文坛、从者如云之显赫声名。此二联对仗工稳,用语雅训,不愧为名句。尾联则表达了作者对先贤已去、来者难追的深沉慨叹,从"风流摇落无人继"的失望里,人们能够推测那"独立苍茫异代心"所包含的悲怆之感。难怪清人沈德潜读此诗后亦有同感说:"今弇园一带废为民居矣,读此不胜时代之感。"(《明诗别裁集》)

扬 州[1]

淮海名都极望遥[2],江天隐见隔南朝[3]。青山半映瓜州树[4],芳草斜连扬子桥[5]。隋苑楼台迷晓雾[6],吴宫花月送春潮[7]。汴河尽是新栽柳[8],依旧东风恨未消。

注 释

〔1〕本诗选自《陈子龙诗集》卷十五。

〔2〕淮海名都:指扬州。明初时改扬州路为淮海府,治所在今江苏扬州市。

〔3〕南朝:代指南京,因南京系历史上南朝时宋、齐、梁、陈之都城,故称。

〔4〕瓜州:亦作瓜洲。镇名,在今扬州市邗江区南部、大运河分支入长江处,

与镇江隔江相对，向为南北水运交通要冲。又称瓜埠洲。

〔5〕扬子桥：又名扬子津。在今江苏扬州市南，古代紧靠长江北岸，由此南渡京口（今镇江），为江滨要津。

〔6〕隋苑：园名。隋炀帝时所建，即上林苑，又名西苑。故址在今扬州市西北。唐杜牧《寄题甘露寺北轩》："天接海门秋水色，烟笼隋苑暮钟声。"

〔7〕吴宫：春秋时吴国在扬州所建造之宫殿。

〔8〕汴河：亦称汴渠，为隋炀帝游幸江都时所开。

鉴赏

　　本诗为吊古伤今之作。扬州乃历史名城，承载了丰富的历史内涵。首联写扬州之地势与位置，它与南京隔江相望，无论是地理位置还是历史沧桑，均令人想起许许多多的历史故事。中二联以概括力极强的语句写尽了历史之兴衰：无论是被陆游"楼船夜雪瓜洲渡"诗句所咏叹过的瓜洲，还是江滨要津扬子桥，均处于南北交通要道，但如今却已是青山掩抑，芳草迷茫。隋苑楼台笼罩于迷雾之中，吴宫花月也伴随着长江流水度过了漫长岁月，可历史的辉煌已经隐然难觅，名城扬州也只能成为历史的见证。最后诗人以风中摇曳之汴河新柳似乎在诉说无穷的遗憾作结，为读者留下了丰富的想象空间。全诗气势沉雄，格调遒劲，是陈子龙诗中的佳作之一。

春日行游城南作[1]

东风摇荡吹红楼,楼上人游南陌头[2]。云暖烟轻春脉脉,极浦心伤芳草碧[3]。小径桃花开夜阑[4],欲卷朝霞照行客。荒园昼闭莺自歌,飞花满林人奈何?一生常为艳阳苦,几夜能留明月多。此时玉窗掩烟雾,踟蹰三回杨柳路[5]。何处愁心堪赠人?尽日焚香待春暮。

注 释

〔1〕本诗选自《陈子龙诗集》卷九。

〔2〕陌头:路上,路旁。

〔3〕极浦:遥远的水滨。《楚辞·九歌·湘君》:"望涔阳兮极浦,横大江兮扬灵。"王逸注:"极,远也;浦,水涯也。"

〔4〕夜阑:夜深。

〔5〕踟蹰(zhí zhú):徘徊不前貌。

鉴 赏

本诗为伤春惜时之作。全诗在惜春与伤春的矛盾中完成对情感的抒发,首联以东风摇荡而引起红楼之人游春领起,然后即交替写此二种情感。正是有了"云暖烟轻春脉脉"之美景,才会有"极浦心伤芳草碧"之春愁。也正是有了朝霞、桃花对行人之有情映照,也才有了对荒园莺歌、林中飞花等时光飞逝之无奈。其常为艳阳所苦,乃缘于不能像留住明月那般去留住艳阳。无奈只能柳路徘徊,以寄愁心,或者在暮春时节以焚香来表达惜春之情。这种情调其实早在唐人张若虚的《春江花月夜》与此后《红楼梦》的《葬花辞》里,都有过充分的体现,与这些作品相比,陈子龙的这首诗不见得有更出奇之处,但作为复古文人与爱国志士,在其沉郁苍凉的格调之外,又兼具此种细腻缠绵的情趣,使读者对他有了更多一层的认识,故而此类诗作依然是值得品味的。

夏完淳

　　夏完淳（1631—1647），初名复，字存古，号玉樊，松江华亭（今上海华亭）人。明末爱国志士，曾从陈子龙起兵抗清，被捕后不屈被杀。夏完淳早慧，七岁即能诗文，十三岁仿庾信作《大哀赋》。后师事陈子龙，论诗推崇汉魏盛唐。其诗作早年文辞宏丽，遭国变后格调转为慷慨悲凉，多有情深气雄之作。有《夏完淳集》。

别 云 间 [1]

　　三年羁旅客[2]，今日又南冠[3]。无限河山泪，谁言天地宽？已知泉路近[4]，欲别故乡难。毅魄归来日[5]，灵旗空际看[6]。

注　释

〔1〕本诗选自《夏完淳集笺校》卷五。南明永历元年（1647），夏完淳因上表鲁王事泄，在家乡被清兵所捕，此诗就是在被押往南京前临行

所作。松江古称云间，故以"别云间"为诗题。

〔2〕羁旅客：离家在外漂泊之人。此处指作者转战于吴越的三年抗清生涯。

〔3〕南冠：南人所戴的帽子。春秋时楚人钟仪被晋国所俘，晋侯问："南冠而絷者为谁？"侍者答曰："郑人所献楚囚也。"见《左传·成公九年》。后遂以南冠喻指囚犯。

〔4〕泉路：即黄泉路，指死亡。

〔5〕毅魄：即英灵。《楚辞·九歌·国殇》："身既死兮神以灵，魂魄毅兮为鬼雄。"

〔6〕灵旗：战旗。出征前必祭祷之，以求旗开得胜。《汉书·礼乐志》："招摇灵旗，九夷宾将。"颜师古注："画招摇于旗以征伐，故称灵旗。"

鉴赏

本诗是夏完淳抒发报国情怀的名作。首联概括三年来坚苦卓绝之经历，转战漂泊已属不易，而今又成阶下之囚。次联抒写亡国之痛，国破家亡令人悲痛欲绝，眼看河山陷落怎不肠断心碎！"已知泉路近，欲别故乡难"一联是全诗核心，他早已抱定慷慨赴义之决心，正如他自己所言："我得归骨于高皇帝孝陵，千载无恨！"但忠孝皆为儒者大节，自己为国尽忠可以死而无憾，可家有老母少妻却不能不心有所系，所谓"嫡母慈惠，千古所难。大恩未酬，令人

痛绝！"（《狱中上母书》）正是"欲别故乡难"的最好注脚。忠孝两全，自古所难。最后诗人不仅能视死如归，且死后亦当仍为鬼雄，其魂魄还要举灵旗以征伐凶顽。全诗气势沉雄，格调慷慨，可谓掷地有金石声！

春兴八首同钱大作（其一）[1]

上苑东风试早莺[2]，故宫依旧百花明[3]。江帆入镜移瓜步[4]，胡马如云走石城[5]。金鼓平陵怜翟义[6]，旌旗沧海葬田横[7]。伤心中夜看牛斗[8]，醉把吴钩万里行[9]。

注 释

〔1〕本诗选自《夏完淳集笺校》卷六，作于南明永历元年（1647），是与其内兄钱熙的唱和之作。

〔2〕上苑：帝王苑囿。试早莺：莺鸟在早春一试其歌喉。

〔3〕故宫：指南京前明宫殿。

〔4〕瓜步：即瓜步镇，在今江苏省南京市六合区东南瓜步山下瓜埠，明清时曾在此设巡检司。"移瓜步"指郑鸿逵走镇江之事。郑鸿逵在南明弘光朝挂镇海将军印驻守镇江，清兵破扬州而渡江，郑鸿逵乃引

兵拥唐王入闽。

〔5〕胡马：指清兵。石城：石头城之简称，即今之江苏省南京市。

〔6〕平陵怜翟义：翟义是汉代东郡太守，因王莽篡汉而举兵讨之，结果兵败被杀。其门人作《平陵东》以哀之。见郭茂倩《乐府诗集》卷二十八。在此以翟义代指吴阳。吴阳为太湖抗清义军首领，后失败。

〔7〕田横：战国时齐国后代，秦末时起兵反秦并自立为齐王。汉高祖即帝位，田横率五百人亡命入海。高祖招降，田横因羞为汉臣而自杀。其门客五百人闻田横死亦皆自杀。见《史记·田儋列传》。此处代指当时吴志葵部抗清义军。作者曾在其《六哀·吴都督》中说："义士五百人，同死田横岛。"喻义与此相同。

〔8〕牛斗：指牛宿与斗宿。传说吴灭晋兴之际，牛斗间常有紫气。雷焕告诉尚书张华，说是宝剑之气上冲于天，在豫东丰城。张华派雷焕为丰城令，得两剑，一名龙泉，一名太阿，两人各持其一。见《晋书·张华传》。后常用以为典故，但所取义多有不同。此处夜看牛斗是欲增其气势。

〔9〕吴钩：相传为吴王阖闾命人所造兵器，似剑而曲。后常作为利剑之代称。

鉴赏

　　本诗亦为夏完淳的代表作之一。全诗以精练的笔墨概括了当时的局势并抒发了自己抗清的决心与豪情。初春之江南景色尽管依然莺啼花香，但南、北二京已不复明朝所有。此刻正是明军南移、清兵渡江的危急关头，志节之士纷纷慷慨为国家捐躯。"金鼓平陵怜翟义，旌旗沧海葬田横"一联既有高度的现实概括力，又有深厚的历史感。尾联伤心而不低沉，决心"醉把吴钩万里行"，以继承牺牲志士们未竟的抗清大业，境界阔大，意境高远。全诗用典精切，气势雄浑，沉郁而不凄凉，伤怀兼有激奋，是抒情言志诗篇中的佳作。